A primeira pedra

PEDRO MACHADO

A primeira pedra
contos

Todos os direitos desta edição reservados à Malê Editora e Produtora Cultural Ltda.
Direção: Francisco Jorge & Vagner Amaro

A primeira pedra
ISBN: 978-65-85893-13-8
Edição: Vagner Amaro
Capa: Dandarra Santana
Diagramação: Maristela Meneghetti
Revisão: Louise Branquinho

Texto revisado segundo o novo Acordo Ortográfico da Língua Portuguesa.
Proibida a reprodução, no todo, ou em parte, através de quaisquer meios.

Dados internacionais de catalogação na publicação (CIP)
Vagner Amaro – Bibliotecário - CRB-7/5224

```
M149p   Machado, Pedro
            A primeira pedra / Pedro Machado. 1. ed. —
        Rio de Janeiro: Malê, 2024.
            158 p.

            ISBN 978-65-85893-13-8

            1. Contos brasileiros I. Título.
                                        CDD B869.301
```

Índices para catálogo sistemático: 1. Literatura: poesia brasileira B869.301

Editora Malê
Rua Acre, 83, sala 202, Centro. Rio de Janeiro (RJ)
www.editoramale.com.br
contato@editoramale.com.br

Esta não é uma obra sobre como as coisas deveriam ser. A Arte Literária é sempre sobre pessoas, suas vivências e convivências. Este é um livro sobre humanos. É espelho da dinâmica das sociedades. Não seria sensato se ofender e chamar o espelho de sujo por causa da lama que ele espelhou. Do mesmo modo, é consolador saber que a beleza e os afetos aqui refletidos são reflexos de belezas e afetos que realmente existem entre nós.

Nem sempre gostamos do que vemos no espelho, frequentemente, não concorda com as teorias, crenças, morais e costumes que nos ensinaram como deveríamos ser e nos parecer. Mas isso já nada tem a ver com os contos deste livro. Eles são para os que querem aprender com o que veem no espelho, para os que não têm medo de ver a própria face e a face do mundo. Mas são, sobretudo, para aqueles que querem aprender também a ver, conhecer e compreender a face do outro.

Assim, a literatura surge a nós não só como espelho, mas também como janela e sedução: janela que nos permite ver horizontes sempre muito mais vastos do que as paredes dos nossos conceitos delimitaram em nosso quartinho dogmático; sedução da conversa e do contato íntimo com o outro, seja nas palavras à vista de todos, seja no oculto, nas entrelinhas e segredos que só quem os vive sabe. Sem o conhecimento pela janela aberta à vastidão da diversidade e sem a compreensão pela verdade da sedução que nos desnuda o mais íntimo, pouco resta senão correntes que oprimem corpos, assim como atrofiam mentes e sociedades.

A falta de conhecimento e compreensão mútuos têm causado problemas profundos em nossa sociedade. Eles nos levam cada dia mais, como comunidade, a caminhos de ódio e auto-aniquilação. Fazer Literatura em tempos assim se torna um ofício de esperança e de expressão daquela sabedoria que, apesar dos julgamentos que possa sofrer de todos os lados, é justificada pelos seus frutos.

O Autor.

À minha esposa Luciana.
Aos meus pais Mauro e Rosemere, e aos meus irmãos Moisés e Israel.
À Maria Martins, a Mãe Tala.
À pastora Fabíola Oliveira.
Ao Jorge Luis, meu tio Luisinho.
Ao Vagner Amaro.
Ao Renato Noguera.
E ao Tom Farias, pelas conversas, convivências e sabedorias que incentivaram a escrita desta obra.

Sumário

JESUS NEGRO 13
SOLDADINHO 25
MAKEDA 35
VÓ BENEDITA 49
JERUSALÉM DESOLADA 65
DAVI E ELISA 73
AURORA 85
TODOS CONTRA SARA 101
AGONIA 113
PELE SAGRADA 125
OS QUE SABEM O QUE É PADECER 133
A PARTIDA DO IRMÃO SEBASTIÃO 143
BIDÚ 151

Eles continuaram a exigir uma resposta, de modo que ele se levantou e disse: "Aquele de vocês que nunca pecou atire a primeira pedra".
Evangelho segundo João

Ninguém te viu o sentimento inquieto,
Magoado, oculto e aterrador, secreto,
Que o coração te apunhalou no mundo.
Mas eu que sempre te segui os passos
Sei que cruz infernal prendeu-te os braços
E o teu suspiro como foi profundo!
Cruz e Sousa

...durante a comunhão, vendo o grave grupo beber o sangue de Jesus, eu sentira o bálsamo do sonho. Mas, enquanto meus olhos olhavam com inveja o outro lado da vida, a margem diamantina da Crença, o pastor sonhava com o domínio temporal e a Câmara dos Deputados.
João do Rio

JESUS NEGRO

I

Uma multidão diversa e espremida, amontoada de frente para o palanque, esperava curiosa o que ela tinha a dizer. A jovem, desconhecida dos que estavam ali, menos do pessoal do coletivo, ergueu seus olhos verdes, ajustou a mecha de cabelo azul e bradou toda corada de revolta popular diante daquela população favelada:

— Estamos aqui para ouvir e para defender o povo da favela! Todo poder ao povo preto! Só quem é da favela fica! Sai fora, macho! Sai fora, crente! Sai fora, branco! Sai fora, eleitor de fascista!

Então começaram a sair. Uma senhora perguntou ao pessoal do coletivo:

— Moça, meu marido é preto, mas é da igreja, ele fica?

Outra senhora lhe respondeu antes que a jovem do coletivo, confusa, se decidisse:

— Claro que não, Aurelina! É preto, mas, além de crente, é homem, é dois contra um.

— Então vou embora com ele, Aparecida, que gente doida! Tu que é negra que nem eu e é dessas coisas de macumba vai poder ficar, né? Depois me conta o que eles falaram.

— Já te disse mil vezes que macumba é um instrumento, eu

sou do candomblé! Eu vou embora também, meu filho mais velho que me trouxe, só vim por causa dele; meu filho é homem, se ele vai, eu vou também. Também nem lembro em quem votei na última eleição, vai que votei nesse tal de Faxisto aí!

— Vi a irmã Benedita por aqui. Ela vai ter que ir embora também.

— Deve sair também. É preta, mas é crente. Vamos procurar ela pra gente subir junta. Tenho uma pra contar pra vocês.

— Olha, a Sharlene lá do final da rua está saindo também.

— Deve ser porque tá com a mãe; a mãe é branca, vai ter que sair. Logo a mãe, que não reclama dessas coisas de ele colocar peito de mulher e ficar se vestindo que nem se fosse mulher mesmo! Dizem que ela até apoia...

— Ai, Aurelina, a gente é amiga, mas você diz cada coisa idiota dos outros às vezes. Deixa a Sharlene e a mãe dela viverem a vida delas!

— Ah, Aparecida, só comentei...

E, assim, o povo da favela ia se dispersando, até sobrar apenas um menino confuso e o pessoal do coletivo com as suas discussões internas. Vaguinho esperou até o final para ver se não teria mesmo alguma comida no fim. Mais cedo, vira o pessoal se amontoando, vira cartazes com meninas negras e meninos negros parecidos com ele, ouvira umas vozes fazendo performance do poema "Tem gente com fome" do Solano Trindade e pensara que devia ser algum tipo de festa com comida ou algo assim. Ou será que tinha mesmo comida e estavam escondendo dele só porque era "macho" e ia na igreja do missionário Genilson?

Olhou, olhou e nada. Decidiu não perder mais tempo com aquele pessoal estranho e ir à casa do irmão Sérgio, que o levava à igreja. Lá devia ter comida, como sempre. Passando pela porta, viu uma moça do coletivo muito bonita, mas tanto que o menino não conseguia tirar os olhos das suas tranças nagô e do vermelho dos seus lábios grandes como que desenhados por giz de cera. Viu-se sorrindo no espelhinho dourado do cordão da moça. Parou. Quando ela o viu e ele percebeu, Vaguinho ficou sem graça. A jovem achou bonitinho e deu um abraço no menino.

A desconhecida do cabelo azul passou raivosa perto deles gritando com outra do coletivo:

— Adianta nada, nos sacrificamos vindo para esse lugar perigoso, lutamos por eles e essa gente não entende! Aposto que, na próxima eleição, estarão de novo lá votando no outro!

Vaguinho, sempre curioso, perguntou para a moça que o abraçara:

— Qual teu nome, moça bonita?

— Teresa, e o teu, rapazinho educado e bonito?

— Todo mundo me chama de Vaguinho. E aquela moça brava toda vermelha? Por que ela tá gritando assim que nem doida?

Teresa suspirou, uma leve melancolia baixou nos seus olhos negros:

— Não vale a pena saber, Vaguinho, não vale a pena... Você quer levar um doce?

— Quero!

Quando estava mais acima no morro, entrando no beco onde ficava o portão da casinha do velho Sérgio, Vaguinho ainda se lembrava do olhar bonito e das tranças de Teresa. Terminava de sentir a gostosura do bombom. Pelo menos não fora à toa naquela reunião maluca.

II

— Pode entrar, Vaguinho! Tua mãe não está em casa?
— Ela saiu de manhã, Seu Sérgio, não voltou ainda.

Sérgio e sua esposa, Cléo, se olharam, o sol já se punha. Tinham medo de que o pequeno visse o estado de sua mãe nessas suas saídas que demoravam dois ou três dias. Keyla era uma jovem tão bonita, mas, desde que o pai do Vaguinho morrera em guerra de facção, ela começara a trabalhar na noite e acabara conhecendo o crack. Agora vagava constantemente pelas ruas, definhando, com olhos ocos, trocando o corpo por droga. Às vezes, o pessoal da igreja do seu Sérgio os visitava, Keyla tomava banho, ficava umas semanas entre os irmãos, ouvia a Palavra e tomava conta de Vaguinho. Mas, para ela, o menino era a nojenta memória do falecido, que lhe espancava continuamente e tinha outras tantas mulheres. Vaguinho era a cara dele.

Sempre, em algum momento, Keyla tinha uma recaída, largava o menino malquerido e voltava para as ruas e para o crack. Nos tempos em que isso acontecia, o menino ia para a casa de Sérgio e Cléo, que o tratavam como o filho que nunca conseguiram ter. Com o tempo, a mãe passou a ser quase uma desconhecida para Vaguinho. O menino vagava sozinho pelo morro, procurando brincadeiras e comida, até voltar ao abrigo certo da casa do casal de idosos. Eles lhe davam comidas gostosas, contavam histórias da Bíblia, cantavam músicas antigas de crente e até arrumaram uma cama macia para ele dormir. Queriam fazer sua matrícula na escola no próximo ano, precisava saber ler para poder conhecer a Palavra. Acreditavam que Deus os colocara no caminho de Vaguinho para darem a ele abrigo e que pusera Vaguinho no caminho deles para lhes dar uma família.

O garoto recebeu um abraço de Dona Cléo, que já foi na cozinha pegar uns biscoitos. Sérgio notou o menino cansado, imaginou que andara o dia todo à procura de novidades. Mas que há de novo neste mundo, sucessão de vaidades?

— Sente, Vaguinho, descanse, pode ficar hoje aqui. Daqui a pouco começa o culto do missionário.

Na televisão ligada, começava o programa do missionário Romulo. Enquanto Dona Cléo cantava junto as músicas do programa e Sérgio prestava atenção na mensagem, Vaguinho se empanturrava de cocada, biscoito, suco e já se preparava para a gostosa janta da Cléo. Num momento, o missionário na TV pediu que os telespectadores impusessem as mãos sobre a pessoa que mais amavam, se fosse possível, para fazer uma oração poderosa de benção e prosperidade. Se não fosse possível, que colocassem o nome da pessoa em um papel e o tocassem. Sérgio e Cléo impuseram as mãos sobre Vaguinho e pediram em oração que um dia ele fosse próspero, que todo mal que houvesse saísse do seu corpo e que ninguém lhe fizesse maldade alguma. "Em nome de Jesus, amém". Durante a oração, Vaguinho, ainda mastigando, de olhos fechados, acreditava. Mas, do nada, se ouviu no morro aqueles barulhos.

Não eram ruídos novos, mas a fé de Sérgio e Cléo nunca se conformava com aquela situação, e toda vez que ouviam tiros tão altos e frequentes como aqueles, indignavam-se como se fosse a primeira vez. O medo estava no rosto de Vaguinho.

— Cléo! Leva o garoto para o quarto! Tá amarrado todo espírito de morte nesta casa, em nome de Jesus!

Sérgio apagou as luzes da casa e trancou a porta. Percebeu gente correndo pelo beco. Os tiros não paravam. Enfim, entrou no quarto, onde Cléo, de olhos fechados, orando angustiada, abraçava um Vaguinho com olhos arregalados de medo. Sérgio os abraçou e ficaram os três num canto do quarto, acuados. Se alguém os via naquele momento, só se fosse mesmo Jesus. Quando, de repente, se fez silêncio abissal no morro. Sérgio e Cléo aproveitaram para colocar o menino para dormir. Sabiam bem que, se não fosse naquela hora, não aconteceria mais, porque todo silêncio excessivo no morro é prenúncio de guerra mais violenta logo após.

— Não tenha medo, menino. Deus está conosco.

— Mas, Seu Sérgio, sempre tem isso. Por que Deus não acaba com essas coisas aqui onde a gente mora?

— Vai acabar no dia em que Jesus voltar. Ele vai vencer todo mal, tudo de ruim vai acabar e vai nos levar para viver com ele para sempre lá no Céu. Mas, até lá, temos que confiar em Jesus nesse mundo miserável, cheio de pecado e de morte.

Os olhos tristes e cansados de Sérgio tentavam encontrar a fé que saía dos seus lábios. Pegou na mão de dona Cléo. Ela, casada havia trinta anos, conhecia o olhar do seu preto quando estava com medo e desolado. Porém, ele mantinha a postura firme para mostrar que ainda podia proteger a todos. Cléo o puxou e o fez se sentar na cama. Pediu para Vaguinho se deitar e se sentou ao lado dele. Pegou o antigo Hinário do casal, já com as folhas amareladas e parcialmente amassadas de tanto que os versos daqueles hinos foram a trilha sonora de vários momentos de alegria e aflição. Ela deu ao marido o Hinário aberto no louvor escolhido e, olhando nos olhos de Vaguinho, falou com Sérgio:

— Vaguinho já comeu bastante, agora vai dormir.

O garoto gostava de ouvir quando eles cantavam aqueles hinos antigos da igreja. Já sentia o corpo descansar no colchão macio quando ouviu a voz de seu Sérgio cantando:

Finda-se este dia que meu Pai me deu
Sombras vespertinas cobrem já o céu
Ó Jesus bendito, se comigo estás
Eu não temo a noite, vou dormir em paz

Um tiro isolado se ouviu. O olhar de Vaguinho, que já ia se fechando, se assustou. Mas Seu Sérgio manteve a serenidade do canto e o olhar de Cléo, a fé. O tiro não encontrou irmãos, pelo menos naquele momento, e o menino voltou lentamente a adormecer. Sua face, docemente relaxada, esboçava um sorriso enquanto olhava seu pai e sua mãe de fé, cujas faces também se pacificavam. Os cabelos crespos do menino eram acariciados pelas mãos negras de uma sonhadora Dona Cléo, olhando fascinada a beleza e fofura daquele filhinho que Jesus lhe dera. Vaguinho, já imerso no mundo do sono, não ouviu a última estrofe do hino, cantada intensamente e afetuosamente pelo velho Sérgio, que colocava sobre o menino o seu olhar carinhosamente paterno.

Pelos pais e amigos, pela santa Lei,
Pelo amor divino, graças te darei.
Ó Jesus, aceita minha petição
E seguro durmo, sem perturbação.

III

Quando Vaguinho abriu os olhos, no mundo do sono, estava num morro igual ao seu, mas tinha alguma coisa de diferente, que não entendia bem o quê. Estava em frente àquele galpão da reunião maluca, e muita gente do morro estava entrando, mas, dessa vez, ninguém saía. Entrou, vai que encontrava de novo a moça bonita com cordão de espelho e ganhava mais um bombom. Ficou surpreso quando ouviu um pessoal comentar:

— Ele voltou! Ele voltou!

— Jesus voltou, não disse que ele ia voltar?

O homem que estava lá na frente era negro e forte como Seu Sérgio, parecia até irmão mais novo dele. Tinha um olhar que lembrava o olhar de afeto de Dona Cléo quando cozinhava para Vaguinho. O Jesus dizia coisas muito bonitas e as pessoas ouviam, parecia que ele via dentro delas. Mas Vaguinho ainda não acreditava que era ele, porque discurso bonito e falar sobre Deus qualquer um faz.

Até que o menino o viu fazer algo parecido com o que ouvia Dona Cléo contar quando lia para ele as histórias da Bíblia. Muitas pessoas estavam com fome, já que viviam quase o tempo todo assim. Então Jesus virou para o Zé da padaria e disse:

— Seu Zé, me dê esses cinco pães e esses dois galetos que tu tem aí.

E os cinco pães e os dois galetinhos se multiplicaram nas mãos de Jesus e se transformaram em outros muitos pães e galetos, até pão doce foi aparecendo, e depois pizzas, hambúrgueres, lasanhas, chocolates, açaí, pudins, bolos, bombons, mil doces e bebidas, de água e refrigerante a vinho. Só podia ser ele! Todos, alegres, comiam fartamente, sem economizar e saboreando. Vaguinho, comendo um pudim muito gostoso, que só perdia para o da Dona Cléo, viu de longe a Teresa bonita. Chegando até ela, o menino é que lhe deu, dessa vez, um daqueles bombons e ganhou mais um abraço, bem mais demorado. Seus lábios sorriam entre as tranças de Teresa. Quando ele se afastou, mais uma vez, viu seu sorriso largo no espelhinho do cordão dourado dela.

— Vaguinho, vai levar Jesus lá na casa de Seu Sérgio e Dona Cléo. Eles estão tristes por causa do tiroteio que teve, precisam saber que Ele voltou.

— Como você sabe, Teresa?

— Eu vejo tudo fluir, assim como vi tua fome mais cedo, assim como vi teu sorriso bonito. Eu vejo tudo que acontece no morro. Os crentes, os macumbeiros, os espíritas, os católicos e os de grupo nenhum. Os moradores, os bandidos, os policiais, as moças de cabelo cacheado, de tranças e as crespas. Todos passam por mim como um rio. Mas vai, segue o teu rio com Jesus até a casa dos que te amam. Eles precisam dele. Eu vou estar sempre aqui para te abraçar quando você precisar, meu rapazinho educado e bonito.

Recebendo dela um último abraço, Vaguinho correu até Jesus. Ele abraçava todo mundo, como se fosse todo mundo amigo dele. Quando conseguiu chegar perto e lhe dar também um abraço, Vaguinho disse para ele:

— Jesus, tu não me conhece, todo mundo me chama de Vaguinho, mas preciso te pedir uma coisa, desculpe a cara-de-pau, mas é sobre umas pessoas que gosto. Vem comigo para a casa do Seu Sérgio e da Dona Cléo, eles acreditam muito em você e só falam de você. Mas, às vezes, vejo eles tristes com as coisas que acontecem aqui no morro, já vi até Dona Cléo chorar, mas, quando eu pergunto, eles falam que é nada, que quando você voltar, tudo vai melhorar. Vai lá mostrar para eles que você voltou.

— Eu te conheço, Vaguinho. Dona Cléo e Seu Sérgio viviam me falando de você em oração enquanto eu estava no céu. Já sou até teu amigo. Vou com prazer à casa deles. Vamos! De lá do céu eu sentia o cheiro das comidas de Dona Cléo e ficava doido para comer também. Ficava muito triste também com aquelas coisas ruins que aconteciam aqui e eles me contavam nas suas orações. Mas te prometo, meu amigo Vaguinho, que não vai ter mais essas coisas por aqui.

No caminho, armas estavam estraçalhadas no chão, se ouvia músicas de todos os tipos, pessoas dançavam, casais namoravam, crianças comiam e brincavam. As árvores novamente cresciam. Tudo ficava bonito e com vida por onde passavam. Mas, num momento, viram uma mulher muito magra e suja no chão.

— Jesus, é a minha mãe, faz alguma coisa por ela! Eu só a vi triste, nunca a vi sorrir, parece até que ela não gosta de mim.

Jesus fez um sinal. Veio um anjo do alto e pousou a seu lado:

— Anjo Rafael, cuide da mãe do meu amigo Vaguinho. Olha como ela está definhando e triste. Dê comida até ela engordar e lhe conte piadas engraçadas até ela aprender a sorrir.

— Os olhos dela parecem de gente morta, Senhor!

— Ora, deixe isso comigo! — disse Jesus.

Então Ele pôs a mão sobre a cabeça de Keyla e os olhos da mãe de Vaguinho voltaram a brilhar iguais aos do filho. Pela primeira vez, Vaguinho a viu olhar para ele com o olhar de quem gosta. Mas, logo após, ela desmaiou.

— Agora vá, meu servo Rafael, a alimente de tudo que ela precisar e lhe faça companhia até que ela esteja feliz.

O anjo a tomou nos braços e a levou para algum lugar distante e fora das vistas, mas certamente bonito. Jesus, vendo o anjo sumindo no horizonte, disse a seu amigo Vaguinho:

— E por onde chegamos à casa do Seu Sérgio e da Dona Cléo? Quero muito conhecer os dois!

Já chegavam perto do beco onde ficava a casa. Quando chegaram, viram o portão aberto, a porta também aberta. Jesus e Vaguinho foram entrando. Não encontraram os dois. Até que Vaguinho teve a ideia de abrir a porta do quarto, a única fechada. Então viram Sérgio e Cléo com medo e acuados na parede, exatamente como nas horas de tiroteios.

Quando viram quem estava com Vaguinho, não tiveram dúvidas! Dona Cléo logo correu e lhe abraçou:

— Meu Jesus amado!

Seu Sérgio, com os olhos lacrimejando, se ajoelhou a seus pés e lhe disse emocionado:

— Meu Senhor!

— Levanta, Sérgio, sou teu amigo. Dona Cléo, que orações bonitas você faz quando está sozinha neste quarto! Estou louco para provar um desses teus doces que cheiram tão bem lá do céu.

— Aprendi com minha mãe na Bahia, Jesus...

Vaguinho se apressou:

— Jesus, tem que provar as cocadas que ela faz!

Na sala, os quatro conversavam alegremente, contavam das travessuras de Vaguinho enquanto comiam as cocadas. Seu Sérgio perguntava a Jesus sobre o significado de umas partes da Bíblia de que gostava mais. Dona Cléo cantava, feliz de estar face a face com Ele. E Vaguinho observava a vida feliz para sempre. Risos, doces, coisas bonitas. De que mais precisava? Na visão de Jesus, seu amigo, e sentindo na boca o gosto da cocada de Dona Cléo, Vaguinho subitamente despertou.

IV

Percebendo que tinha sido sonho, Vaguinho tentou desesperadamente voltar, mas não conseguiu, o sono não volta. Já era manhã. Quando Sérgio viu o menino de pé, logo disse:

— Cléo, vamos tomar café, Vaguinho acordou!

Estranhamente, Sérgio não estava arrumado para trabalhar. Todo mundo no morro sabia que era dia de operação policial surpresa. Após o café, os tiros recomeçaram.

Novamente, os três se abrigaram no quarto, único lugar aparentemente seguro da casa nessas ocasiões.

— Meu Jesus amado! — exclamou Dona Cléo, orando sob o barulho dos tiros, alguns dados ali mesmo do beco.

— Meu Senhor, tem misericórdia de nós! — dizia baixinho Seu Sérgio.

Mas Vaguinho, decepcionado com a realidade e com medo, suspirava:

— Ele ainda vai voltar... Jesus tem que voltar!

— Amém — disse o Seu Sérgio.

— Amém — suspirou Dona Cléo.

SOLDADINHO

I — O Espelho

Apanhava, naquela sexta-feira, como um cordeiro mudo. Os cinco rapazes não tinham pena alguma de desferirem chutes e socos em Josué. De repente, pararam.

— Olha, é a Conceição! É aquela macumbeira que te falei!

— Vamos cair fora, cara, vai que ela enfeitiça a gente com coisa do demônio.

— Vamos logo, deixa esse otário aí. A mulher tá vindo cheia do capeta!

Os garotos correram, enquanto a sombra da senhora cobria a figura de Josué, machucado no chão. Por um instante, seu coração viu nas roupas brancas de Dona Conceição inesperado alívio, proteção e paz, mas então lembrou quem ela era e que roupas brancas eram aquelas. Com desconfiança, pegou na mão negra de Dona Conceição, que o levantou do chão.

— Mariana, vem me ajudar aqui com esse menino!

— Que aconteceu, mãe?

— Olha aí, tá todo machucado. Aqueles garotos que tacaram pedra no terreiro na semana passada estavam batendo nele. Coloquei eles para correr.

— Aqueles idiotas! Qual seu nome, menino?

— Me chamo Josué, e você?

— Eu sou Mariana. Por que fizeram isso contigo?

Ele não respondeu. Mariana atribuiu ao susto e à dor. O menino, com a perna toda dolorida e ralada, só conseguiu ficar de pé com o braço apoiado sobre os ombros da filha de Dona Conceição. Foi andando para dentro da casa da senhora. Observava o muro e portão brancos, assim como um vaso branco acima da viga sobre o portão. Lá dentro, um festival de cores e formas: verde, vermelho, amarelo, roxo e azul. Objetos dourados e prateados.

Dona Conceição cuidava dele como de um filho, fazendo curativo sobre suas feridas e conversando:

— Então, você já tem quatorze anos, mesma idade que minha filha. Precisa aprender a se defender, menino. Se puder ficar longe desses garotos violentos, melhor, mas, se não conseguir, tem que se defender. Tem muita gente ruim no mundo.

— Eu nem sei o que eu fiz para eles me baterem, senhora. Eu entreguei o celular quando pediram.

— Pois é, eles são da facção que acabou de tomar aquela favela vizinha, aí acham que podem fazer o que querem aqui no entorno. Esses dias tacaram pedra aqui e gritaram que, quando um parente deles dominar a região toda, vão expulsar todos os macumbeiros, que Jesus vai ser dono do lugar. Eu, quando vejo, coloco pra correr, moro há décadas aqui e não vou deixar jovenzinho nem homem nenhum me intimidar. Desde que meu falecido nos deixou, tenho que ser forte para cuidar da minha garota. Meu falecido era parecido contigo até, pretinho, olhar meio confuso. Mas sabia se defender e defender quem amava. Quando você for crescendo, tem que ir aprendendo isso, menino. Na vida, nem sempre uma Dona Conceição aparece.

Enquanto conversavam, Mariana olhava enigmática. Achara Josué uma graça.

Josué disfarçava seu olhar para ela, concentrando os olhos no lindo espelho dourado diferente que Mariana não tirava da mão. A menina, durante todo o tempo, se olhava nele e se admirava. Quando Dona Conceição foi lá dentro ver a comida que estava no fogo, os dois se olharam. Ele, tímido, não conseguia dizer que a achava bonita diretamente:

— É bonito esse espelho que você tem na mão.

— Não é espelho, é o abebé de mãe Oxum. Olha só.

Os dois se viam agora no abebé, mas nele não cabia a face inteira dos dois. A face inteira aparecia apenas de um ou de outro. A menina pressentiu algo estranho nisso, mas não sabia traduzir ainda para si mesma. Josué distraiu-se, lembrou-se dos pais e teve medo de perguntarem onde esteve, então, subitamente, falou que precisava ir.

— Você vai voltar, Josué? Te conto a história do abebé...

— Volto sim, Mariana. Segunda, quando vier da escola, passo aqui em frente.

Dona Conceição deu um abraço no menino. Era um abraço tão gostoso e aconchegante. Mas precisava chegar em casa e contar como aqueles machucados aconteceram. Que caíra na rua e um desconhecido que era crente lhe ajudara fazendo uns curativos. Quem era, não sabia. Mas, certamente, quem fizera coisa tão boa era um enviado de Jesus.

II — A Tragédia

Anoitecer de domingo. Josué colocava suas melhores roupas para o culto da noite. Enquanto abotoava a blusa branca de botão, lembrava-se da senhora e da sua filha com carinho, mas também se lembrou do que a professora dissera na Escola Bíblica de manhã e se encheu de culpa e de um certo medo. Teria ele se sentado com os ímpios? Teria estado na mesa com demônios? Mas, ao mesmo tempo, não foram elas que lhe fizeram bem? Lembrou-se da parábola do Bom Samaritano, não eram elas tão vistas com desprezo, arrogância e ódio como o samaritano nos tempos de Jesus? No entanto, o samaritano foi o único que ajudou aquele que fora assaltado e surrado no meio do caminho. Foi o samaritano, e não o sacerdote ou o levita, que Jesus usou como exemplo. Num momento, eram tantas dúvidas que lhe atormentavam a mente que decidiu tentar não pensar, nem sentir mais nada.

Antes disso, tudo parecia tão mais fácil e a verdade, tão mais simples: ele era parte das pessoas da igreja que tinham Jesus como Salvador, e iriam todos para o Céu pela eternidade com Jesus e seus anjos. Já todos os outros seres humanos, com toda a sua diversidade de culturas, pensamentos, religiões e opiniões, eram reduzidos a uma só palavra: Diabo. Com esse ser, fonte de todo Mal, todos esses outros seres humanos arderiam um dia eternamente no Inferno. Tudo assim tão definido.

Mas agora essas dúvidas surgiam. Será que as duas não eram o diabo se disfarçando de bondade para desviá-lo do caminho do Céu? Josué pensou até em convertê-las, isso resolveria a questão, poderia ser amigo de Dona Conceição e de Mariana sem se indispor com seus pais e o povo da igreja. No final, todos iriam para o Céu. Mas logo pensou na cena ridícula dele chegando na casa delas e tentando convencê-las a mudarem tudo na vida só para aliviar a mente dele de uma culpa que só a religião e o medo social o faziam sentir. Se bem que teria um bom efeito colateral, a salvação da alma de todos. Ainda com tantos pensamentos, Josué, pela primeira vez na vida, sentiu que havia algo errado em como fora ensinado a olhar as outras pessoas que não eram da igreja. Calou mais uma vez os pensamentos e os sentimentos. Não era hora de dúvida, era hora de adorar a Deus!

A família saiu para o culto. Como sempre, ele ia um pouco mais à frente dos pais, com sua Bíblia debaixo do braço, cumprimentando os outros crentes que passavam, também indo para suas igrejas. Todos achavam bonito um garoto tão novo já nos caminhos do Senhor.

Porém, em uma das ruas em que passavam a caminho da igreja, houvera, um pouco antes, um acidente. Dois carros haviam colidido violentamente. Em um estava um homem, uma mulher e uma criança mortos; em outro, uma jovem já morta e, perto dele, um rapaz jogado para fora agonizando. Era tão recente que Josué pôde ver o espetáculo da morte e da agonia enquanto espectadores se amontoavam à volta.

Com olhos arregalados, Josué observava os detalhes antes que seus pais o afastassem. Pelos objetos do carro da família morta dentro do carro, eram crentes, provavelmente também indo para o culto. A menina tinha uma Bíblia sobre seu corpinho ensanguentado. Os dois do outro carro pareciam estar vestidos para uma festa. Algumas latas de cerveja fechadas e garrafas de vodca estouradas no impacto cobriam o banco de trás do carro. O rapaz parecia ter sido lançado para fora do carro pelo impacto da batida e agora estava com o corpo todo destruído sobre o asfalto. Jorrava sangue pela boca, ainda vivo, com olhos arregalados e dolorosos. Sua cabeça voltou-se para o lado, pondo seus olhos de agonia nos olhos de Josué. Assim, afogando a bochecha na poça de sangue, ele deu seu último suspiro.

Então os pais de Josué o tiraram dali. Observara tudo num espaço de meio minuto. As pessoas comentavam sobre um problema no sinal de trânsito, que realmente estava verde para os dois lados do cruzamento. Para não terem que passar no meio de tudo aquilo, os pais voltaram com Josué e entraram em outra rua a que não estavam acostumados. Evitavam passar pelo meio da tragédia. Porém, Josué conhecia bem a rua, era a que usava quando voltava da escola. Era a rua de Dona Conceição e de Mariana.

Ouviu os pais falando que aqueles jovens não teriam perdido a vida e, provavelmente, a salvação eterna se estivessem na igreja, e não indo se embebedar e festejar com as coisas da carne. Podia até mesmo ser castigo de Deus, então se lembraram de vários episódios da justiça divina: aquele ator homossexual que Deus matou com uma doença terrível; aquela esquerdista que Deus usou matadores de aluguel para metralharem o carro dela; aquele avião onde havia dois influencers que defendiam coisa de gay e, para parar com a obra maligna deles, Deus derrubou o avião com duzentas pessoas. Por fim, um clássico da Justiça Divina, o Titanic, quando Deus afundou o navio, matando mais de mil e quinhentas pessoas só porque um cara disse que nem Deus poderia afundá-lo. Josué, num ímpeto que ele mesmo não esperava, disse de repente:

— E a família de crentes que morreu também? Mesmo se não fossem, quem não é crente merece sempre morrer?

Ele mesmo se espantou pela ousadia e falta de firmeza na fé. Ouviu dos pais, surpresos, sobre Deus também permitir desgraças aos seus para um plano maior, que a vontade de Deus é sempre boa, por mais que pareça má aos homens. Que todos merecem morrer, sem exceção, e que Deus é misericordioso por deixar alguns vivos. Josué, com o olhar do jovem agonizante tomando toda a sua mente, ouvia, mas não absorvia tudo. Sua mente parou na equação confusa de que Deus matara uma família inteira para punir com a morte dois jovens só porque, ao invés de serem crentes e irem para a igreja aos domingos, estavam indo beber, dançar e namorar. Racionalmente parecia absurdo, é verdade; mas Josué já ouvira uma vez na Escola Bíblica Dominical que a razão humana era enganosa, pois ela também tinha sido corrompida pelo pecado de Adão e Eva. Então, quando ela concordasse com a fé, era a parte não corrompida dela; quando não concordasse, era a parte totalmente corrompida por Satanás e usada para fazer as pessoas duvidarem de Deus. Porém, Josué despertou subitamente dessas suas reflexões e do olhar terrível e onipresente do rapaz morto quando viu à sua frente, no portão da casa de muro branco, a idosa e a menina que o socorreram.

Seus olhos, distraídos, sorriram para os de Dona Conceição e procuraram depois os de Mariana, quando ouviu seu nome na voz de seus pais. Desesperou-se ao ver que eles vinham logo atrás e que Conceição e Mariana se aproximavam. O medo dos seus pais juntou-se ao terror divino que se apoderara de sua alma. Tinha que pensar rápido. Ao ver já a sombra dos pais surgindo atrás de si e Dona Conceição à sua frente abrindo os braços, ergueu as mãos em direção a ela e disse:

— Tá amarrado em nome de Jesus!

Então seus olhos, preocupados com o que fizera, finalmente encontraram os de Mariana, transbordantes de indignação e decepção. Nunca vira fúria e tristeza misturarem-se na mesma face. Dona Conceição recolheu os braços e nada disse; nem seu olhar, tão conhecedor das atitudes humanas, espantou-se. Olhou em tristeza tão serena que nem parecia tristeza.

Triunfantes, os pais passavam, orgulhosos do seu garoto ter se tornado um verdadeiro soldado da fé, que não titubeara em dizer a Verdade sobre essa gente. Indo embora, Josué olhou pela última vez no abebé seguro pela mão triste e caída de Mariana. Nele, de relance, viu também os seus olhos decepcionados. Até aquele dia, o menino não sabia o que era covardia. A conhecera face a face ao ver-se no abebé de Oxum. E, no entanto, sua maior covardia como humano era a sua maior coragem na fé dos seus pais.

III — O Herói

Queria ter um amigo com quem falasse o que sentia, mas naquela hora percebeu que não tinha amigo confiável para isso. Queria se abrir com seus pais, mas justamente as exigências da fé afastavam-no deles. Não havia como abrir-se para eles sem que vissem algo diferente do que haviam ensinado; afinal, Josué estava crescendo. Mesmo entre adultos, há maneira de ser sincero sobre o que se sente sem ferir alguma exigência das crenças ou das normas sociais? Chegando na igreja, viu os pais contando para o pastor e outros irmãos admirados o que acontecera, com imensa alegria, sem que sequer suspeitassem da sua tristeza profunda. Josué, pela primeira vez, teve consciência de estar vivendo numa imensa prisão e de que tudo o que sempre aprendera como Bem se mostrava para ele como desculpa para se praticar todo mal.

Agora estava ali, diante da igreja, sendo exibido justamente como símbolo desse Bem hediondo. Já não era mais um menino, nem mesmo um homem, era um símbolo doutrinário. Ele tinha vergonha infinita de si; esforçava-se para responder cordialmente os irmãos, mas que nojo tinha de todo aquele espetáculo. No entanto, justamente, ele era o centro do espetáculo daquela noite. Não esquecia, porém, dos três olhares. A agonia do rapaz, a decepção furiosa de Mariana e a melancolia de Dona Conceição lembravam-lhe que seu pior fracasso como humano até então estava sendo a sua maior glória como crente. Ele queria chorar.

— Muito crente não tem a coragem desse menino! — berrava o pastor à multidão. — É de heróis da fé como nosso Josué que o Brasil precisa. Tem muito crente frouxo, com medo de dizer a Verdade, que fica caindo nesse papo de progressista depravado de que tudo é preconceito, que tem que respeitar religião do mal, que não pode lutar contra gente que o diabo envia para este mundo só pra nos destruir e destruir nossas famílias! Gente amaldiçoada! Esse menino é um exemplo para todos nós, é a esperança da vitória do nosso Cristo sobre o mundo, sobre essa imundície que hoje impera sobre essa nação. O Brasil não é de macumbeiro, de gay, de sapatão, de travesti, de comunista, de Aparecida, de ateu, de Kardec, o Brasil é de Jesus! Só quando todo o Brasil for de Jesus é que esse país vai para a frente! Não sou eu, é a Palavra que diz: Feliz é a Nação cujo Deus é o Senhor! Aleluia!

E enquanto muitos gritavam aleluias, ao mesmo tempo que outros bradavam profecias da vitória final dos cristãos, a igreja começou a cantar o tradicional hino:

Já refulge a glória eterna
De Jesus, o Rei dos Reis,
Breve os reinos deste mundo
Seguirão as suas leis...

Josué, que já nada mais ouvia, do centro de tudo, notava que alguns irmãos não se entusiasmaram e olhavam tudo aquilo com algum estranhamento. Suas bocas cantavam no automático o hino que sabiam desde pequenos, mas seus olhos sabiam que algo estranho acontecia. Talvez estivessem como ele, tentando entender como, na prática, pessoas como aquele pastor fariam para que todos os que não quisessem se converter desaparecessem assim tão subitamente do Brasil. Talvez esses irmãos desconfiados estivessem, assim como Josué, com a mente torturada, tentando não chegar à resposta óbvia, tão dolorosa e absurda era ela. E a igreja cantava triunfante:

> *Vencendo vem Jesus!*
> *Glória, glória, aleluia!*
> *Vencendo vem Jesus!*

O som das vozes fortes e numerosas abafava os seus pensamentos. Josué, como um cordeiro mudo e impotente, não conseguia ter reação diante da alegria do rebanho. Nos mil olhares que ali o cercavam, espelhos hediondos, via apenas o seu rosto distorcido. Com medo, resignou-se. Sua humanidade era o cordeiro a ser sacrificado, naquela noite, para o triunfo da fé sobre o mundo e seus humanos. Não contrariaria todos que o cercavam desde que nascera, nem a verdade que aprendera desde sempre que era de Deus. Se todos ali na Casa de Deus diziam que fizera o certo, por que não acreditar? E o risco de perder a sua salvação e ir para o inferno por causa da dúvida? Sem saber, naquele momento, decidiu torturar-se tentando esquecer pelos próximos anos os olhares do jovem agonizante, de Mariana e de Dona Conceição. Fechando os olhos fortemente, como se orasse, tentou ali mesmo apagá-los da mente, mas, principalmente, tirar de seus olhos a sua covardia que vira no abebé das mãos de Mariana. Tentaria de domingo a domingo, a vida inteira. Inutilmente.

MAKEDA

Do rei Salomão
os cantares eu lia
porque nos cantares
só a negra eu via

Solano Trindade

I — Cântico dos Passos e dos Caminhos

Disse Amor ao meu amor:
habita no meu colo, entre os meus braços,
até que esta terra seja digna
de receber os teus pés.

Nessas palavras se ouviu a sua voz naquela noite, escura como a sua pele e misteriosa como a sua mente. Mas a noite também era silenciosa, e nada havia em Makeda que fosse silêncio. Tudo era o canto do seu desejo. Lia esse início de poema que escrevia, mas não sabia como continuá-lo, nem mais um verso. Pois não era apenas um exercício de intelectualidade ou a sua versão pessoal do início do Salmo 110. Era o seu desejo todo, como se o seu próprio corpo fosse a encarnação daquelas palavras. Era o seu ser. Makeda, pela primeira vez, colocara em palavras a sua insatisfação com o percurso do seu amor por esta terra, despois de tantos encontros horrorosos que tivera.

Somente ali, nua, escondida de todos os olhares, no seu apartamento e refúgio em que morava sozinha, que podia ser, simplesmente ser. A professora de Português do Ensino Médio, tão conhecida por ser durona, evangélica, inteligente e de olhar forte e duro, nunca pudera retirar fora da intimidade as suas armaduras para que vissem seu corpo já tão ferido e sua face cheia da melancolia de desejos nunca saciados. Quando os mostrara, os pouquíssimos que a viram ou fugiram ou a vandalizaram em sua vulnerabilidade. Mas era nessa nudez sua, a que não podia nem queria fugir, que escrevia os seus poemas, inspirada em Conceição, em Paulina e na Bíblia, mas nunca mostrara a ninguém, talvez nunca os publicasse. Tampouco os escrevia para isso.

Ela usava tanto a sua armadura nas suas quase cinco décadas de vida que, às vezes, até se esquecia de como era seu próprio rosto, seu corpo. Os poemas lhe eram espelho. Era neles que se reencontrava. Escrevendo conversava consigo mesma, para amenizar a solidão que nunca conseguira aplacar, nem na igreja, nem no trabalho, nem com cada um dos homens que passaram por sua vida trazendo correntes, inutilmente. Também lia muita Literatura. Amava muitas escritas e obras, mas era lendo Conceição Evaristo e Paulina Chiziane que se encontrava, como se fossem as duas escritoras suas irmãs. Lia também a Bíblia todas as manhãs. A Bíblia era o seu pão diário, Conceição e Paulina eram o vinho.

Lia muitos dos Salmos com emoção intensa, reconhecendo na tristeza profunda, de dor insuportável, dos salmistas a sua própria depressão. No clamor dos salmistas para que Deus dispersasse os seus inimigos e os do seu povo, que eram muitos, lembrava-se da armadura e das armas que desde pequena sempre tivera que usar para se defender. Por nunca se dobrar a ninguém, sempre tivera muitos inimigos e inimigas. Por não se submeter e reagir na mesma medida aos que tentavam submetê-la, ficara conhecida como a durona, a preta raivosa, a pessoa difícil, grossa e fria. Porque ousavam levantar a voz para duvidar da sua capacidade tantas vezes, seus olhos passaram a impor-se a ponto de os outros, homens e mulheres, até abaixarem os olhos quando ela passava.

    Mas isso tudo era apenas necessidade e sobrevivência. Amava ler o Cântico dos Cânticos, comovida, imaginando o seu Salomão. Quem seria, onde estaria essa pessoa com quem pudesse conversar sobre tudo, que pudesse acompanhar seus assuntos sobre fé, literatura e filosofia. Que não tentasse submeter seu corpo, seus pensamentos e suas crenças. Que entendesse que eram um só, indivisíveis nela, sagrada por inteiro, safada por inteiro. Aquele que, dizendo ao seu ouvido a sua loucura, a faria sentir escorrer pelos dedos sua tão sólida sensatez. Gostava de imaginar o diálogo dos amantes no livro sagrado, como o diálogo entre Salomão e Makeda, no ocidente chamada Rainha de Sabá. Na noite em que eles se encontraram, ela ficou encantada pela sua Sabedoria em todos os sentidos e ele, segundo a Palavra, realizou todos os seus desejos.

    Sua mãe lhe dera o nome da poderosa e sábia rainha, lembrando-se do seu grande amor, Negusa, etíope que contava tão orgulhosamente o passado do seu povo e as belezas das duas cidades que mais amava no mundo, Lalibela e Axum, sagradas para a Igreja Ortodoxa Etíope. Segundo ele, da noite do Rei Salomão com a Rainha Makeda teria vindo a gloriosa descendência dos reis etíopes. Também daquela noite, em que seu pai contara isso a sua mãe, curiosa da sabedoria de Deus, do corpo e do mundo, viera a pequena Makeda.

Negusa e a mãe de Makeda, Dona Rosário, tiveram apenas uma semana de romance e apenas uma noite mística de seus corpos, pois Negusa, que estava apenas de passagem pelo Brasil, precisara partir depois dessa semana, mais cedo do que previra. Abreviara para uma só semana a época mais feliz da vida de Dona Rosário. Era 1974, o militar recebera mensagem de que deveria retornar às pressas ao seu país, algo muito grave estava em curso. Rosário não entendera bem o que estava acontecendo, mas Negusa chorava e repetia incessantemente: "o imperador... o imperador". Naquele mesmo dia, Negusa se fora, não sem antes dar o último beijo e um último carinho no rosto de Rosário. Ela perguntara se ele retornaria, ele não respondera. Apenas dissera:

— Não vou participar da traição, darei a vida pelo imperador se for necessário.

Ela sabia o que essas palavras significavam quanto ao sentimento do homem, o imperador era da milenar linhagem sagrada de Makeda e Salomão, como ele lhe contara. Não o impedira. Então ele partira, sem saber que deixava no ventre de Rosário também algo sagrado.

Era isso que Makeda sabia sobre o seu pai, nem mesmo foto havia. Até tinha buscado informações, mas nunca havia conseguido saber mais do etíope Negusa, que estivera no Rio de Janeiro na terceira semana de janeiro de 1974. Dele restou-lhe somente a história do seu nome, os olhos intensos e o jeito de imaginar as coisas, segundo lhe dissera a sua mãe.

II — Cântico das Lamentações e dos Desejos

Por isso, Makeda era como uma imensa cidade-templo onde habitavam tradições etíopes, as mulheres moçambicanas de Paulina, as mulheres de Conceição e suas águas, assim como Jesus e todos os personagens bíblicos. Mas, principalmente, a habitava sua mãe, sempre à espera do Negusa que nunca vinha, achando encontrá-lo em cada um dos maridos e namorados que tivera e sempre desiludindo-se. Assim como ela mesma, uma Rainha Makeda que nunca encontrara um Salomão neste mundo. Não precisava encontrá-lo para ser rainha, mas como era bom ter com quem trocar e ser livre. Não alguém que satisfizesse seu desejo, ou vice-versa, mas que a acompanhasse nas trilhas do desejo de tanto saber, fazer e viver. Pensou encontrá-lo em dois namorados, mas frustrou-se. Achou que seriam os reis que, com ela, reinariam a sua cidade-templo, mas eram apenas passantes que buscavam saqueá-la.

O primeiro era evangélico. Pela primeira vez, aos vinte anos, quando já estava na Faculdade de Letras, se sentiu amada e assumida publicamente. Romildo, que frequentava a mesma igreja que ela, já a chamava de "sua mulher", e como isso era diferente para ela, a fazia se sentir segura e protegida. Ele chegara mesmo a começar a frequentar com ela a classe de noivos da igreja. Makeda pensou que nele encontraria compreensão do modo como via o mundo por serem da mesma fé e por ele aparentar amá-la tanto. Foi o contrário. Romildo tentou submeter-lhe a qualquer custo ao padrão de como ele aprendera que uma esposa de família cristã deveria ser. Dizia que ela questionava demais as coisas de Deus, que aquelas literaturas que lia colocavam dúvida na sua cabeça e que a dúvida era brecha para a ação do diabo. Afinal, se já havia um livro que dizia tudo o que somos, tudo o que devemos ser e fazer, para que ler outros livros, senão livros que explicassem uma ou outra coisa mais difícil de entender da Bíblia?

Ele controlava suas roupas, assim como com quem conversava, o que lia, o que via, o que sentia. Dizia que era porque seria o cabeça da casa quando se casassem, precisavam estar sintonizados nesse ponto: "O marido é o cabeça da esposa como Cristo é o cabeça da igreja". Tudo o que a fascinava, para ele era só capricho; quando ela falava sobre o quanto gostava de ler o Cântico dos Cânticos, Romildo dizia que não era nada mais que uma alegoria do relacionamento de Cristo, o noivo, com a Igreja, a noiva. Para ele, o desejo que a movia era inútil e falta do que fazer, já que a Bíblia, como ele a interpretava, já dava todas as respostas. Para ele, o fogo que ela trazia levava inevitavelmente ao fogo do inferno. Ele, misericordioso como Deus, por amor como Cristo, se sacrificaria levando à frente esse namoro para poder levá-la ao caminho certo, até que ela estivesse perfeita para se casar.

Não durou três anos. Dois deles repletos de brigas, pausadas aos domingos, em que apareciam como um harmonioso casal diante da igreja. Ela jamais aceitava calada, ele jamais aceitaria que não fosse dele a última palavra. Acabou se tornando o seu anti-Salomão, o mais ignorante dos homens, justamente porque achava que já sabia de tudo e que tudo tinha que ser como ele queria. Se ao menos dissesse: quero assim porque eu quero! Mas não, dizia sempre: quero assim porque é o que Deus quer! Nem para ser imbecil e tirano ele tinha personalidade e coragem. No final, ele concluiu que ela não era mulher para casar e uma falsa crente. Já ela, concluiu que ele era um imbecil que se utilizava de teologia e doutrina de igreja para justificar sua vontade de controle e poder sobre a vida alheia. Que saco estar com alguém com quem se tem que pensar antes cada palavra dita, cada gesto, cada ato, cada entusiasmo e cada tristeza! Com alguém assim só se pode representar. Makeda cansou e desceu do palco para não mais retornar.

O segundo era professor universitário, agnóstico e escritor ascendente. Makeda rapidamente fascinou-se pela inteligência de Alberto Mediani, pela sua liberdade de pensamento e pelo seu amor pelo conhecimento. Mas, com o tempo, ela percebeu que ele só defendia a liberdade do seu pensamento e amava apenas o seu conhecimento. Achava a fé de Makeda um monte de superstições atrasadas, fazia piadas sobre seu Jesus e, quando ela falou que ia lhe mostrar o seu livro preferido da Bíblia, o Cântico dos Cânticos, ele já foi logo dizendo que não era para Makeda tentar convertê-lo. Ele não compreendia as suas crenças e se portava com sinais de superioridade, como se ele fosse o amante da Sabedoria, enquanto Makeda fosse uma criança que ainda acreditava em lendas antigas. Comparava-a a qualquer pastor charlatão ou fanático religioso cristão de que tinha notícia.

Em dois anos de namoro, nunca a ouviu sobre suas crenças íntimas, só falava sobre as suas, intelectualmente mais justificadas e elevadas. Conversavam muito sobre outros assuntos, com interesse e paixão, mas sempre que ele precisava reafirmar sua posição dominante na relação, contrapunha seu senso crítico e racional ao espiritual de Makeda, que chamava de irracional. Ele era a ciência, em sua nobre busca pelas verdades; Ela era a poesia e a fé, com suas verdades absurdas. Ela conhecia os autores de que ele gostava; já ele, não gostava nem que ela falasse sobre seus gostos intelectuais e espirituais, e jogava eles na conta de toda superstição e fanatismo do mundo atrasado e reacionário contra o qual lutava. A seu modo, julgava-se tão superior quanto o fanático que ela antes namorara, e a superioridade era sua forma de dominação.

Essa situação se expandia, inclusive, ao convívio social dos dois. Ela deveria ser grata por ter sido escolhida por homem tão ilustre, que podia ter escolhido qualquer outra, até mais parecida com ele. Makeda nunca se sentiu à vontade para mostrar seus poemas a Alberto, mesmo sendo ele escritor, pois era nítido que ele fazia pouco caso. Já a tinha visto rascunhando versos, mas jamais havia se interessado em sequer olhá-los. Era nítido que o lugar reservado a ela não era o de quem tem algo a dizer, mas, sim, o de quem só deve cuidar da saúde e do contentamento dos lábios alheios que dirão. Devia deixar no silêncio a sua poesia, cheia de humanidade e divindade, para que o mundo pudesse ouvir o homem qualificado para pronunciar-se.

Livre demais para o homem de fé, espiritual demais para o homem de razão, Makeda tornou-se, mais uma vez, só. Depois dessas duas experiências, teve encontros, ficantes e amizades coloridas por todo esse tempo. Nenhum foi mais do que alguns momentos, pois a experiência a ensinara a reconhecer as armadilhas dos que vêm com lisonja, amor e até prazer, mas com a intenção de dominar. Quando ouvia certos discursos, já sabia o início, meio e fim. Em vez de ouvir o engano das palavras, ouvia os barulhos das correntes que eram trazidas, e que o discurso bonito servia apenas para os abafar.

Assim, em solidão profunda, se voltou mais à leitura e à escrita. O Cântico dos Cânticos tornou-se a sua liturgia íntima. Lia aqueles versos que o iniciavam, "Beija-me com os beijos da tua boca, porque teu amor é melhor do que o vinho", e se entristecia de pensar que nunca tivera um relacionamento que fosse melhor, ou ao menos se equiparasse a um gole de um bom vinho tomado numa noite tão misteriosamente escura quanto aquela. Abriu garrafas pensando encher a sua taça do melhor vinho, mas viu repetidas vezes sua face decepcionada refletida numa taça de vinagre. Porque ela respondia com justa rispidez aos que lhe vinham submeter e não se impressionava com seus discursos insípidos, tinham a coragem de chamá-la fria e seca, enquanto um fogo divino se acendia constantemente no seu profundo e tudo em si era transbordamento, fosse da taça dos seus olhos, fosse da taça da sua mente ou da taça do seu sexo. Nunca essas três taças ficaram vazias. Nunca deixaram de transbordar.

Na noite anterior, teve mais um de tantos encontros. Quando ficou sozinha com um rapaz, aparentemente tão gentil e entendido das dores das mulheres, se sentiu tão compreendida e estava tão carente que decidiu ler um poema seu a outra pessoa pela primeira vez. Desaprendera ou nunca aprendera a expressar seus sentimentos e o seu ser tão abertamente. Não baixava a guarda, sob o perigo real de ser atingida. Nos poemas era que conseguia fazer isso. Makeda leu para ele o poema que achava que melhor a traduzia, fruto da noite anterior, em que dormira acompanhada por todos os seus anseios. Com voz de intensidade incomum, leu o poema, intitulado com o seu próprio nome, dizendo assim:

> Minha mente paira
> na música do querer profundo
> que habita em mim
> antes que eu existisse
>
> a Beleza em todas as belezas me fascina
> a Sabedoria em todas as sabedorias me encanta
> o barro de que fui moldada está em toda parte
> e todos os continentes me contêm –

um desejo me consumou
e não há mundo algum,
com todas as suas vidas e suas mortes,
que não me seja espelho.

desejo me consome
e não há mundo algum,
com todas as suas belezas e sabedorias,
que não habite o meu desejo.

Ele teve medo daquela intensidade; primeiro, porque dificultaria que a prendesse; segundo, porque poderia prendê-lo. Ousou dizer que ela colocava medo nos homens com essas intensidades. Percebendo que ela não tiraria a roupa e que falava demais para seu gosto, deu uma desculpa qualquer e foi embora, sob os olhos já habitualmente desolados, mas não surpresos de Makeda. Definitivamente, não era o seu Salomão.

III — Cântico dos Cânticos

Naquela noite, lembrando-se de todas essas coisas, repetiu o poema recém-nascido. Mas já não sentiu necessidade de completá-lo. Talvez fosse o último que faria. O sono já vinha, a aconchegar a sua alma. Mas não dormiria sem antes ler a Palavra. Abriu mais uma vez no Cântico dos Cânticos e iniciou a lê-lo. Porém, o sono lia verso a verso com ela, seduzindo-a a ir com ele para os seus domínios. Ela, enfim, deixou-se adormecer, pelo seu aconchego seduzida, enquanto lia o verso: "não acordeis, nem desperteis o amor, até que ele o queira."

O sono a levou para um jardim desconhecido, mas tão só a trouxe até lá, o sono já não mais estava. Makeda ali observava todas as coisas, tudo era sensação, do céu até a terra, ela sentia todas as sensações de tudo, do intenso sofrimento ao intenso prazer, como se tudo, do mais alto do céu até o fundo da terra, fosse seu corpo.

Sentiu um toque profundo, no mais alto do seu céu, no mais profundo da sua terra, seu coração se acendeu em chamas e sua mente reluziu. Então, ouviu uma voz que disse:

— Eu te conheço.

No instinto defensivo necessário por tanto tempo, ela respondeu com a voz da sua fúria de anos:

— Não, nenhum homem me conhece. Eu já sei todo o discurso de vocês, vocês me reduzem aos seus tipos para dizerem que me conhecem. Vai me dizer uma destas coisas: preta raivosa, fria, crente fanática, exigente demais, espiritual de menos, carnal, pessoa de difícil convivência e mais outros tipos a que tentam me reduzir para que caiba no argumento de vocês...

Mas a voz disse, sem abalar-se:

— Nenhum deles te conhece. Eu te conheço.

Makeda duvidou:

— Então me prove.

— Tua mente paira — ele respondeu —
na música do querer profundo
que habita em ti
antes que tu existisses.
desejo te consome
e não há mundo algum,
com todas suas belezas e sabedorias,
que não habite o teu desejo.

Comovida, transbordando em suas três taças, Makeda percebeu que estava em outro nível. Já não importava o medíocre e o raso que conhecera. Diante do maior esplendor, tudo que não é esplendor se esquece. Fosse quem fosse, percebeu que ela mesmo o invocara com a sua poesia e o seu desejo. Fosse quem fosse, falava a sua linguagem e ela era livre para dizê-la fora da letra escrita ou da letra morta. Foi então que ela, com alma ardente e corpo umedecido, o ouviu dizer:

— Habita no meu colo, entre os meus braços,
até que esta terra seja digna
de receber os teus pés.

Disse ela:
— Nesta noite escura e nua
Porque o anseio continua
Te chamei ao meu jardim...

Ele suspirava:
— E eu, ouvindo, logo vim!

Ela tornou:
— Nesta noite, estremecida,
De orvalho toda umedecida
Te chamei ao meu jardim...

Ele suspirava:
— E eu, sentindo, logo vim!

Ela fluía:
— Em cada verso tocante, me tocas.
Em cada palavra penetrante, me penetras.
E a luz do teu fogo resplende
Na minha doce escuridão.

Ele ardia:
— Escura, por isso bela,
O meu fogo te penetra
E a palavra é só a vela.

E em êxtase, ela dizia como em canto:
— Porque estás imerso em mim
Imergi em ti,
Ah, que não cesse nunca essa delícia
Do amado fluindo aqui.

Então ouviu a voz dele, mais bela ainda, como se estivesse nos quatro cantos do mundo, no lugar mais longe e, ao mesmo tempo, a seu ouvido, enlaçando-a com seus braços. Sua mente se extasiava, sua pele se arrepiava, e tudo era divino. Sentia o seu hálito, o seu toque suave, ao mesmo tempo firme, e o poder da sua voz, que lhe tocava o corpo, a alma e o espírito, como nunca ouvira ou sentira de ser algum:

— Aqui estamos a sós...
No mundo, longe do mundo,
Sentimos prazer profundo
Que só o entendemos nós.

Se te acende a minha voz
Se te toco bem no fundo
Eu mais ainda aprofundo
E em ti vejo amor após.

Não saberá a profundeza
Quem não se despir, tocado
Por desejo não contado:

Sabe em si toda beleza
E alcançará toda cura
Quem vive esta noite escura.

    Ela, então, despertou, coberta do orvalho da noite, sob a luz do sol nascente, refletido na escuridão dos seus olhos. Para sempre, lindamente escura como aquela noite misteriosa. Nunca mais só.

VÓ BENEDITA

Quando Júlia foi visitar a avó, o namorado da jovem fez questão de levá-la até a porta.

— Só não entro contigo porque você sabe que não suporto gente fanática e ignorante.

Júlia, com olhar resignado, consentiu. Deu um delicado beijo nos lábios do Valdir e ouviu dele:

— Sabe que te amo, né, minha pretinha? Tenho meus defeitos que você sabe, mas não faço de maldade. Ninguém é perfeito.

E, mais uma vez, Júlia consentiu, mas com palavras:

— Também te amo.

Depois de certo silêncio entre os olhos frios dele e os resignados dela, Valdir finalmente se despediu:

— Boa sorte com a velha. Vou passar ali na ONG, amanhã vai ter ação social e deve estar uma loucura lá. Tenho que articular também com aquele pastor para conseguir apoio na minha candidatura. Na volta, te busco para o almoço comunitário.

Ele continuou subindo o morro e Júlia permaneceu solitária, diante da porta da casa da vó. Era a mesma criança que, havia tantos anos, batia naquela porta de ferro chamando pela Vó Benedita. Mas, agora, já não vinha alegre. Já não tinha as ilusões, nem a fé, nem a vontade de brincar com a avó como naquele tempo. Poderia hoje comprar mil iguarias mais gostosas que a comida da avó, que naqueles tempos era para ela a mais gostosa do mundo. Mas a que preço?

 Chamou Vó Benedita, que abriu a porta muito pouco diferente daqueles tempos. Os mesmos olhos vivos e profundos, ao mesmo tempo severos e acolhedores. A mesma pele negra retinta e brilhante, santa melanina que a fazia aparentar ter bem menos que os seus noventa anos. Os cabelos estavam bem mais brancos, mas penteados em coque, como sempre. Benedita abriu um sorriso quando viu Júlia em frente à sua porta, como se fosse ela ainda aquela menina de olhos de amêndoa, sua pretinha toda serelepe, que gostava de seus doces e das frutas do seu quintal, que dançava enquanto Benedita cantava seus hinos da igreja e imitava a avó quando fazia as suas orações enérgicas.

 Fazia quinze anos que não se encontravam. No entanto, Júlia, universitária, no alto dos seus vinte e cinco anos, se sabia bem mais inteligente e sábia que a nonagenária, a qual era apegada a suas crenças e superstições antigas. A admiração pela avó era ilusão de infância, como todos têm. Mas, naquela viagem com o namorado ao Rio, onde não pisava desde que seus pais se mudaram para Brasília, queria rever a avó, como prova da realidade das antigas lembranças de felicidade. Agora voltava cursando Sociologia e namorada de um dos mais importantes líderes de movimento social do Brasil. Quem voltou não foi a Julinha, mas agora, em todo canto que frequentava, seu nome era "a namorada de Valdir da Massa".

 Os olhos de Vó Benedita não encontraram nos olhos resignados daquela jovem à sua porta os olhos da sua neta Julinha. Foi então que entendeu, em espanto terrível, o que o Espírito Santo lhe revelara em sonho e na leitura da Palavra daquela manhã. Tivera um sonho horrível. Era uma menina que, amarrada por correntes nas mãos e nos pés, tinha uma máscara que lhe cobria todo o rosto, menos os olhos. Ela se retorcia em gemidos abafados pela máscara, quase inaudíveis, enquanto, por uma ferida no peito, seu sangue escorria gota a gota. A menina ia definhando pouco a pouco, gota a gota, resignando-se. Benedita, no sonho, correu parar libertar a menina, que não reconhecia, nem mesmo quando, já perto dela, pôs os olhos naqueles olhos de alma anestesiada. Despertou antes que pudesse quebrar suas correntes, lançar fora sua máscara e salvar a sua vida.

Acordou assustada. Fazia muito tempo que o Espírito não lhe falava em sonhos tão terríveis. Chegou a pensar na sua netinha, mas ela já não era mais uma menina, e os olhos de Júlia, da Júlia que conhecia, eram cheios de vida, radiantes como os dela. Benedita orou para que Jesus acalmasse seu coração e o Espírito lhe revelasse como interpretar aquele sonho terrível. Foi procurar resposta na Palavra, que lia todo dia em voz alta quando acordava. Abriu exatamente no Salmo 6, e os seus olhos foram guiados pelo Espírito ao versículo 6 em diante, que diz assim:

> *Estou cansado de tanto gemer,*
> *Todas as noites faço nadar o meu leito,*
> *De minhas lágrimas o alago.*
> *Meus olhos, de mágoa, se acham amortecidos,*
> *Envelhecem por causa de todos os meus adversários.*

Não conseguiu ler o restante do salmo, tamanha a dor que afligia a sua alma naquelas palavras, como se viesse daquela menina do sonho e como se a menina do sonho fosse ela mesma, a velha Benedita. Mas como, se ela vivia tão serena no seu fim de vida, esperando apenas seu tão desejado encontro com Jesus e com os irmãos que já se foram? Agora, diante dos olhos da sua neta, idênticos aos da menina dolorosa do sonho, compreendia tudo. Abraçou forte a sua Julinha, que primeiro estranhou, depois reconheceu o aconchego daquele abraço em que tantas vezes já repousara.

Quando Júlia já estava sentada no sofá, observava a velha Bíblia da avó, aberta ao lado, ainda no Salmo 6, e seus olhos desceram sem querer naquele verso: "Meus olhos, de mágoa, se acham amortecidos". Um grande tremor se apossou dela. Voltou os olhos à avó, como se estivesse diante da divindade que a via para além da máscara social que levara anos para construir. A avó, penetrando nos olhos da neta, sentou-se a seu lado e lhe perguntou:

— Então, Julinha, você está bem?

— Vó, estou trabalhando e fazendo faculdade. Fiz essa viagem para o Rio com meu namorado, que vai fazer alguns trabalhos por aqui, e vim te visitar...

— Interessante, Julinha, mas você não me respondeu, como você está?

— Estou namorando um homem maravilhoso, você precisa conhecer ele, muita gente o admira, ele faz coisas muito importantes nas comunidades de vários lugares, está ajudando a organizar para aqui um evento de amanhã da ONG que...

— Julinha, você não me respondeu. Não quer responder sua avó, acha que eu não entendo das coisas complicadas que você aprendeu nas escolas?

— Vó, eu estou bem — disse com os olhos o tempo todo desdizendo. — Vim te ver...

— E esse namorado te faz bem?

— Ele é maravilhoso, viajamos muito, tem que ver os presentes que ele me dá. Durante a viagem, estamos ficando no apartamento do pai dele no Leblon e...

— Eu perguntei se ele te faz bem, Julinha...

— Ele não é igual esses caras da igreja que a senhora admira, não é da igreja, nem segue essas coisas, mas ele é...

— Não perguntei da fé dele. Perguntei se esse homem te faz bem, Julinha...

— Ele é muito conhecido, veio para conversar com um pessoal porque ele quer entrar na política para ajudar as pessoas. Ele é líder de um movimento social que luta pelos direitos das pessoas da favela, da população preta como nós e que faz assistência a mulheres vítimas de violência e a...

— Eu te amo, Julinha, mas tuas palavras, desde que você chegou, estão como os fariseus de que Jesus falou: por fora tão bonitas, mas, por dentro, cheias de morte e dor. Teus olhos e o Espírito de Deus não mentem!

— Vó, eu não sou mais criança para a senhora me vir com essas coisas de igreja e achar que vou acreditar, ficar com medo e fazer tudo que...

— Olha nos meus olhos e diz que é mentira! Não engana tua avó, garota! O Espírito do Senhor me diz, a Palavra me diz e eu tenho muito mais vivência nessa vida que você. Para de mostrar para mim essa tua máscara e põe para fora essas tuas amarras. Tua avó pode não ter estudo, mas é a fonte de toda sabedoria que fala comigo!

Os olhos de Júlia derreteram em choro amargo e, enquanto sua máscara derretia gota a gota, Julinha ressurgia. Vó Benedita a abraçou novamente, mais forte, mais apertado e mais aconchegante, e assim ficaram por um tempo, até que as palavras de Julinha vieram desmascaradas e desnudas:

— Ele me bateu, vó, ele me bate. Quando fica com ciúmes e quando não quero fazer o que ele quer, me dá soco e chute, me xinga. Mas me pede desculpas, chora, tenta ser bom comigo depois. Ninguém é perfeito. O que vou fazer? Ele me disse que, se eu falar com alguém, vou destruir todo o trabalho dele, que muita gente vai perder a única ajuda na vida por causa de mim. Tanta gente que admira as coisas boas que ele faz, tanta gente que ele ajudou, tanta gente que depende dele! Muitas me acham sortuda por namorar um cara tão importante quanto ele. Nas redes sociais somos um casal em que muita gente se espelha e ele vive me dizendo assim: "Podia ter escolhido qualquer uma dessas aí, mas decidi escolher você, pretinha", e aí diz que me ama. Tantas vezes aparecem na televisão as coisas boas que ele faz para as pessoas, o quanto ele é importante para os movimentos sociais e a luta contra a injustiça social... eu não quero ser responsável por destruir isso tudo. Mas é difícil, ele me faz fazer coisas horríveis com ele, mesmo quando não tenho vontade, mesmo quando me dá nojo. Isso tudo me machuca muito, vó, e eu não aguento mais...

A anciã, sem perder a serenidade da face que já presenciara muita coisa neste mundo, pegou as mãos da neta estremecida, que, lembrando-se das lições da infância, fechou os seus olhos lacrimejantes. Vó Benedita também fechou os seus, e entoou com autoridade e poder a sua oração:

— Senhor Deus Todo Poderoso, Criador dos Céus e da Terra,
ouve o clamor da tua serva. Senhor dos Exércitos,
em teu Nome, protege a descendência da tua serva.
Afasta a minha neta desse filho do Inimigo,
que veio matar, roubar e destruir a sua vida.

Deus meu, Amado de minha alma,
tua serva já viveu muito, em breve eu vou voltar para Ti,

mas guarda neste mundo a minha netinha,
guarda os caminhos dessa menina,
destrói toda amarração e todo mal que dela se aproximam.
Estou cansada da maldade deste mundo,
estou velha, cansada e não tenho mais forças, meu Deus...

Age Tu com a força do Teu Braço!
Que os que tentem destruir minha neta sejam destruídos,
que os que lhe ferirem sejam feridos.
Socorre a minha neta desde agora e para sempre,
liberta ela de toda prisão,
quebra todas as correntes de ferro ou de ouro,
dá a ela sabedoria para escolher para si
caminhos de verdade, e não de mentira,
caminhos de vida, e não de morte,
porque tu és o Caminho, a Verdade e a Vida.
É o que te suplico em nome do teu Filho Amado Jesus Cristo.
Amém.

Quando abriram os olhos, as duas mulheres, olhando uma para outra, perceberam o quanto os olhares das duas mudaram. Júlia agora tinha um olhar novamente vivo, embora cansado, mas o olhar de Vó Benedita era de ira. Não como a ira descompensada dos injustos e violentos, mas a Ira Justa dos que clamam por Justiça.

— Eu também já passei por isso, Julinha, nunca contei essa história, nem para tua mãe. Mas, antes de casar com teu avô, namorei um homem assim, ele era da igreja. Seu avô Genilson, meu amor que hoje está na glória com Jesus, me tratou com todo carinho que uma mulher pode ter nessa terra, aquele preto lindo era maravilhoso em todos os sentidos, não faça essa cara. Você lembra dele, homem trabalhador e amoroso até o seu último dia.

"Mas, antes dele, namorei um seminarista. Grande promessa de pregador para a igreja. Porém, quando estávamos sozinhos, ele descontava todas as suas raivas em mim. Depois pedia desculpas, dizia que era o diabo que o fazia me bater e me falava que fazia uma grande obra de Deus, que se eu contasse a alguém dos pecados dele, estragaria não a vida dele, mas a de várias pessoas que futuramente poderiam, pelas suas pregações, conhecer a Palavra e alcançar a salvação de suas almas. Depois de dois anos aguentando ciúmes, grosserias e espancamentos, o denunciei ao pastor da igreja. Fui desacreditada, diziam que eu queria acabar com a reputação de um homem de Deus, que eu estava sendo usada por Satanás. Somente seu avô, que era meu amigo na época, acreditou em mim.

"Fomos congregar em outra igreja, onde curei cada uma das minhas feridas e o Espírito me uniu em amor ao Genilson. Este mundo nunca mais foi o mesmo sem meu preto, esse sim era um homem de Deus, foi um privilégio ter vivido todos aqueles anos com ele... Não precisa me explicar mais nada, minha netinha, agora o assunto desse desgraçado que te feriu é com a Justiça de Deus. Teu corpo é templo do Espírito Santo, quem o desrespeita, desrespeita o próprio Espírito de Deus."

E Vó Benedita foi pegar alguns dos seus doces, que ainda fazia para dar às crianças do morro junto com as suas orações. Enquanto as duas comiam e se lembravam das travessuras da infância de Júlia na casa da avó, nos cultos da igreja e nas ruas do morro, uma voz chamou Júlia lá de fora.

A voz de Valdir trouxe Júlia de volta ao mundo das suas máscaras e correntes. Vó Benedita viu o medo nos olhos da neta e, pondo as duas mãos no ombro de Júlia, disse em alta voz para ela um versículo do Livro de Isaías:

— *Não temas, porque eu sou contigo; não te assombres, porque eu sou teu Deus; eu te fortaleço, e te ajudo, e te sustento com a destra da minha Justiça.*

Puderam ouvir Valdir rindo com os amigos do Movimento Social, que vieram buscar Júlia para o primeiro "Almoço Comunitário do Companheiro Valdir". No evento seria gravada a primeira reportagem do aspirante a novo líder popular para uma grande rede de televisão:

— Ih, tá ouvindo? É isso mesmo? A velha tá falando coisa de Bíblia lá dentro, deve estar tentando converter a Júlia. Essa gente é bitolada, já falei com vocês, mas tenho que lidar! O que a gente não faz pelo povo e por amor!

Júlia sentou-se novamente no sofá, com os olhos arregalados de medo e lacrimosos de tristeza e humilhação, mas Vó Benedita foi até a porta, com a dignidade de uma profetiza, mulher de Cristo e serva do Deus Altíssimo, e a abriu.

— Seja você quem for, em nome de Jesus, nunca mais vai tocar um dedo na minha neta!

As risadas de todos do lado de fora foram altíssimas.

— Olha só, Senhora, tenho nada contra você, só vim pegar minha namorada para ir embora daqui logo. Tô com esse pessoal aqui e estamos com pressa, daqui a pouco vão começar a filmar lá no Almoço Comunitário a reportagem com o pessoal da minha ONG aqui no morro e ela tem que aparecer comigo lá. Não tenho tempo para mensagem de evangélico agora não. Júlia, vem logo!

Mas Júlia, no sofá de frente para a porta, nada respondia, apenas olhava com aqueles olhos de amêndoa a cena da avó enfrentando aquele desgraçado. Nada conseguia dizer, nem fazer.

— Júlia, fique onde está. Tão certo como o meu Deus vive, esse covarde não vai te tirar daqui, nem vai mais te machucar — disse a anciã, lançando seus olhos de Justiça nos olhos de Valdir, primeiramente zombeteiros, depois indignados e agora furiosos.

— Júlia, que palhaçada é essa? Porra, Júlia! Sai, senão eu vou aí te buscar! — gritava, tentando forçar a entrada.

Mas a anciã não abaixava a cabeça e bradava:

— Em nome de Jesus, você não vai entrar!

— Você sabe quem eu sou, velha? Sabe meu nome e o que eu faço?

— O único nome que reverencio no céu e na terra é o nome do meu Senhor Jesus Cristo!

— Sai da frente, velha fanática! — Valdir ainda gritava, com o dedo em riste na cara da anciã.

Mas Dona Benedita bradava sem dar um só passo atrás:

— Não vai passar! Em nome de Jesus, daqui você não vai passar!

Os vizinhos na comunidade, ouvindo a gritaria, já se amontoavam e alguns já vinham em socorro da Irmã Benedita, respeitada por todos da igreja e do morro, crentes ou não.

— Ô playboy, respeita aí a irmã Benedita! — disse um rapaz, já metendo o dedo na cara de Valdir.

— É, palhaço, quem você acha que é para vir aqui falar assim com Dona Benedita?! — Uma vizinha o empurrava.

— Tá rindo do pessoal e se acha mais esperto que todo mundo aqui. Ainda é covarde o playboyzinho de merda, gosta de bater em mulher!

— Aí, o palhaço gosta de gritar com idosa? Grita comigo aqui, rapaz, para ver se não te arrebento essa fuça!

Eram pessoas que nasceram e cresceram vendo gente como Valdir aparecer na favela com discurso de respeito ao povo do morro, ao povo preto, aos mais pobres. Também viam depois essa gente desaparecer quando conseguiam o que queriam no mundo político. Mas era Vó Benedita quem estivera ali desde sempre. Era ela quem orava quando um estava gravemente enfermo e não achava vaga no hospital e era ela quem lia a sua Bíblia para alguma vizinha em desespero pela sua família. Era ela quem consolava com palavras do Espírito de Deus alguma mãe que perdia seu filho em guerras do tráfico ou em operação da polícia.

Estavam ali as mães, irmãos e amigos de muitos jovens que nasceram sob as bênçãos de Benedita e foram mortos pela polícia ou pelos bandidos sob os olhos desolados de Benedita, que pedia misericórdia a Deus por todos eles. Era ela também quem brigava com os meninos que chutavam a bola no seu portão ou tentavam pegar pipa caída no seu teto. Mas, no outro dia, dava lanche para eles e os levava para a igreja com ela. Era a voz dela cantando os hinos da igreja que se ouvia pela rua no final da tarde desde sempre, que se tornara parte do dia dos humanos, como o nascer do sol, a beleza da lua e o mistério das nuvens. Não bastava a polícia que invadia suas casas e as balas que perseguiam os seus corpos, agora alguém vinha agredir a única centelha de afeto, memória e dignidade que alguns do morro conheceram na vida, personificada na divina simplicidade e firmeza de Benedita.

Valdir, percebendo o potencial que a cena tinha para destruir sua imagem pública de líder popular, recuou. Pôs de novo a máscara de rapaz cordial e injustiçado por aqueles favelados ignorantes e raivosos que não entendiam aquele que lhes viera ajudar e salvar. Júlia veio à porta, ao lado de Vó Benedita, e tomou coragem para olhar nos olhos dele, com olhos insubmissos, como ele nunca vira. Ela sentiu o espírito do ex-namorado tremer quando ele percebeu que, estranhamente, o olhar insolente da anciã e o da jovem eram um e o mesmo. O acompanhavam duas mulheres e dois homens, e essas quatro pessoas não entendiam como a jovem, estudada, namorada de um homem importante como aquele, com tanto futuro, podia ficar do lado daquela velha favelada em vez de aceitar a benevolência do privilégio de estar com Valdir da Massa. Que jovem não se sentiria privilegiada de ser do Valdir? Com certeza aquela velha fanática e sem educação fizera lavagem cerebral religiosa na Júlia.

Valdir tentou sair com suposta grandeza, até para controlar a narrativa que os seus acompanhantes fariam daquele dia. Não valia a pena manchar uma futura carreira política tão promissora por causa daquela gente:

— Respeito tua decisão como mulher livre, Júlia, e me retiro. Avó da Júlia, nada tenho contra você nem contra teu credo, pelo contrário, todo o meu trabalho tem sido com o objetivo de que todas as fés, todas as mulheres, assim como todas as pessoas das favelas pelo Brasil tenham sua liberdade e dignidade... — Nesse momento, já discursava para todos os presentes, erguendo os braços e mostrando a sua grandeza moral. — Reconheço que posso ter me equivocado no modo mais enérgico de me comunicar com a senhora e posso ter errado, em algum momento, com a tua neta, mas não foi por querer, milênios de machismo não se desfazem da noite para o dia. Prometo intensificar meus esforços para a desconstrução, em mim, desse patriarcalismo e desse machismo, além da imposição da heteronormatividade que nos leva a ações horríveis. E por isso digo a vocês, meu compromisso como homem hetero cis, inscrito na branquitude, diante de duas amadas mulheres pretas periféricas que...

Benedita e Júlia não ouviram nem mais uma palavra daquela baboseira toda, porque fecharam a porta na cara dele e foram até o sofá:

— Júlia! Onde você arrumou esse homem esquisito? Eu não entendi nada do que ele disse.

— Relaxa, vozinha. Relaxa... o que importa é que me livrei das minhas correntes.

— Tenha cuidado com gente de muito palavreado difícil. Aquele que me tratava mal falava bonito na igreja, as moças suspiravam e os moços invejavam. Mas meu falecido Genilson, varão de Deus, falava quase nada e fazia tudo. Enfim, deixa essas minhas lembranças, me conta o que andou fazendo esse tempo todo, mas de um jeito que eu entenda, porque esses jovens de hoje usam cada vez mais umas palavras esquisitas para tudo.

E conversaram a tarde inteira. Até que, no final da tarde, Dona Benedita foi fazer a janta enquanto cantava os seus hinos de igreja.

— Já ligou para tua mãe? Amanhã, volta para tua mãe e conta o que te fizeram para quem tem que contar. O que de teu estiver com aquele homem ridículo, deixa. Deixa tudo e vai no caminho que você deve andar. Mas, antes, coma o jantar que fiz para você ficar fortinha e durma um pouco. Amanhã de manhã você vai.

Atravessada a noite, uma das poucas nos últimos anos em que Júlia dormiu em paz e em que Vó Benedita não sonhou, a luz do sol brilhava nas lindas escuridões de Benedita, dos seus olhos lacrimejantes de despedida e da capa daquela antiga Bíblia já com as folhas amareladas, testemunhas de dias de amor e de fúria, de paz e de aflição profunda. Testemunhas de todos os dias de paz e guerra no morro e de anos da vida de seus moradores.

Quando Júlia já se dirigia à porta, Vó Benedita fez um carinho no braço da neta e disse:

— Eu já estou velha, já estou cansada, e não tarda a hora em que vou encontrar de novo com o meu Genilson e com o Senhor Jesus face a face. Mas temo por você e por esses jovens e essas crianças que vão ficar aqui neste mundo que jaz no Maligno. Vocês acham que sabem de tudo com suas internets e celulares, mas tem muita coisa espiritual, muita guerra de que vocês veem só a casca, e por isso o mundo de vocês tá cada vez mais violento e mau. Você pode acreditar ou não, Julinha, mas quando estiver triste e o mundo estiver tentando te destruir, abre a Palavra que vai encontrar resposta. Vou te dar minha Bíblia, essa que uso desde que teu avô me deu no dia do nosso casamento. Sei que para vocês de hoje parece só um livro velho, cheio de coisas estranhas, mas foi com ele que eu e seu avô aguentamos muitos dias de alegria e de aflição, e que eu, me achando sozinha, muitas vezes, encontrei o abraço de Deus quando só tinha desgraça no mundo, tanta violência e morte nesse morro. Sei que não é um presente como o dos teus amigos com dinheiro, mas é o mais precioso que tenho.

Júlia a abraçou forte. Lágrimas fluíram dos olhos das duas mulheres.

Quando Júlia passava do limiar da porta, mais livre do que entrara, virou-se num sorriso e se despediu:

— Bença, Vó!

— Deus te abençoe, minha netinha. O Senhor te abençoe e te guarde, e te dê a paz.

Então Júlia partiu.

Benedita foi ainda à porta, observar a netinha descer o morro. E enquanto a via cada vez mais longe, até perdê-la de vista, sussurrou em serena felicidade, não a si mesma, porque nunca estava sozinha, mas a seu Deus:

— E lhe dê paz...

JERUSALÉM DESOLADA

— Eu sou o homem que viu a aflição
Pela vara do furor de Deus...
Ecoou a voz anciã do preto Jeremias naquele dia, imerso em solidão profunda na memória dos seus mortos. Desde antes do sol nascer, sem sono, o ancião lia a Bíblia, mas a consternação e o desespero transbordavam da sua voz e sublinhavam as suas rugas, como se as palavras tivessem sido forjadas na sua alma. E continuou, com sua voz embargada, enquanto a luz da manhã na favela invadia a sua casa pela janela, porém nada podia iluminar o seu coração:

— *Ele me levou e me fez andar*
Em trevas e não na luz.
Volveu contra mim a mão,
Continuamente, todo dia.
Fez envelhecer a minha carne e a minha pele,
Despedaçou os meus ossos...

Não pôde controlar as lágrimas nesse momento e esboçou fechar naquele momento a Palavra. Seus olhos cansados sentiram como se toda a sua família assassinada estivesse à sua volta, mas sua voz não cessou:

> *— Edificou contra mim*
> *E me cercou de veneno e de dor,*
> *Fez-me habitar em lugares tenebrosos,*
> *Como os que estão mortos para sempre...*

A dor insuportável da verdade daquelas palavras não o fez fugir da Palavra, mas levou a sua mente para a memória diariamente inevitável daqueles que a violência do morro levara. Lembrou-se do seu filho mais velho, Isaías, policial e diácono da igreja, morto em confronto numa operação. Lembrou-se do seu filho mais novo, Isaque, que se desviara da igreja e entrara para o tráfico, executado após se render, em uma outra operação policial. Lembrou-se da sua filha, Raquel, que se envolvera com traficantes e fora estuprada, torturada e morta por traficantes de uma facção rival. Lembrou-se da sua filha Ana, que fugira disso tudo, entrara para a faculdade de Direito e cantava na igreja. Levara uma bala perdida na cabeça numa noite de guerra entre facções e a polícia, quando voltava do culto.

Não houvera caminho naquele lugar, justo ou injusto, que não levasse a sua descendência à morte. A sua casa, antes tão cheia, agora estava vazia. Ele mesmo vagava nela como um fantasma. A boca de Jeremias dizia versículo por versículo da Palavra, mas seus olhos, horrorizados, mostravam que a mente estava em outro lugar. Estava no túmulo de cada um dos seus filhos e via a imagem do sangue deles a escorrer. De cada um deles. A mente do ancião só retornou à Palavra quando Jeremias disse:

> *— Afastou a paz de minha alma;*
> *Esqueci-me do bem.*
> *Então, disse eu: já pereceu a minha glória,*
> *Como também a minha esperança no Senhor.*

E aqui parou. Com a dor absurda nos olhos, impotente diante da violência implacável do mundo, as últimas palavras ecoavam em sua mente destruída e na casa vazia e desolada. Lembrou-se da sua esposa, Dona Piedade, que também assistira à morte de um por um dos seus filhos, mas que nunca tivera sua fé abalada. Ela, resignada para não enlouquecer, repetia sempre em paráfrase o Livro de Jó: "Deus me deu, Deus me tirou... bendito seja o nome do Senhor...". E cuidava das crianças do morro. Se tornara segunda mãe de todos, até sua morte, num dia de operação policial. Não suportara ver o corpo massacrado de um dos seus segundos filhos, de apenas quatorze anos, a quem dava lanches, acompanhava os estudos e falava da Palavra de Deus toda a tarde. O pai dele já fora assassinado quando Everton tinha nove anos e, desde então, sua mãe trabalhava na noite para tentar garantir o mínimo de sustento. Jéssica sempre pedia oração para Dona Piedade. A anciã sempre a abraçava antes de pedir ao Senhor por ela e por seu filho, mas Jéssica sempre se surpreendia com o abraço, de tanto que estava acostumada com a brutalidade do mundo.

Jeremias ouviu os passos de Jéssica, sua vizinha, voltando do trabalho. Passos secos e pesados, buscando descanso, quase ecoando no silêncio. Quem habitava no lugar para onde ela voltava e olhava os seus olhos, sabia o preço doloroso do prazer que anestesia o mundo. Não havia mais o Everton, nem Dona Piedade para que a abraçassem, assim como também ao velho Jeremias já nenhum abraço restara. Havia ao menos Deus, que levara aqueles que os abraçavam? Mas como seria esse o Deus daqueles que desprezavam Jéssica? Ou dos que requisitavam os seus serviços escondidos das suas esposas e da igreja? Mas como seria esse o Senhor de homens asquerosos como o pastor Wagner, da igreja que Isaías frequentava, e o apóstolo Adalberto, pai espiritual do Isaque? O primeiro, com a desculpa de que a

Palavra era arma contra o diabo e que lutava pela liberdade do cidadão de bem se defender, fazia sinal de arma com a mão dentro da igreja e pedia que todos, até as crianças, também fizessem. Por fim, pedia para os policiais presentes trazerem suas armas para serem ungidas com óleo consagrado, pois eles eram agentes da justiça de Deus na terra, verdadeiros soldados de Jesus.

O segundo aceitava as altas ofertas de traficantes em troca de que os locais em que dominassem fossem totalmente consagrados a Jesus e que pudesse abrir filiais do seu ministério neles. Não importava os meios, o importante era que a Palavra de Deus alcançasse o maior número de almas. Nos dias de guerra contra outras facções ou contra a polícia, os fuzis e granadas eram ungidos pelo apóstolo, assim como os guerreiros. As armas que estavam nas mãos dos filhos de Jeremias, quando foram mortos, eram ungidas por homens de Deus. As armas que executaram seus filhos e filhas também foram ungidas por homens de Deus; orações pediram as bênçãos de Deus aos traficantes que estupraram e assassinaram; os policiais que executaram a muitos e desrespeitaram as casas e seus moradores eram agora agentes de Deus.

Jeremias, lembrando-se de todas essas coisas, indignado, com raiva indomável de Deus e do mundo, já não tinha forças para a indignação e a raiva, de tanto que a dor, por anos, quebrara seu espírito. Entoou a Palavra com voz inconscientemente elevando-se, com uma mescla de raiva inevitável, fragilidade absoluta e súplica:

— Lembra-te da minha aflição e do meu pranto
Do absinto e do veneno!
Minha alma, continuamente, os recorda
E se abate dentro de mim...

O velho Jeremias suspirou. Ouviu sons de violão, e já sabia quais eram, mas continuou a leitura:

— *Quero trazer à memória*
O que me pode dar esperança...

Era o jovem Jorge que, àquela hora, antes de ir trabalhar, sempre ensaiava os louvores no seu violão para tocar domingo na igreja. Jorge e sua música eram o único elemento da realidade que ainda remetiam Jeremias à vida. Fora o melhor amigo de Isaías desde a infância, tentara mostrar ao Isaque que seus caminhos eram tortuosos, amara Raquel na adolescência e era noivo de Ana quando ela morrera. O jovem havia continuado, depois, chamando Jeremias e Piedade de sogros, e amparando-os como tais. Até os últimos dias de Dona Piedade, vinha alegrá-la tocando o violão para que ela cantasse os seus louvores. No enterro dela, ele havia tocado os hinos com que uma multidão de irmãos e crianças do morro se despedia da anciã.

A música de Jorge consolava Jeremias. Era como voz de Deus, não o Deus das armas, das ameaças e da morte, que parecia se alimentar da multidão dos cadáveres do morro. Mas o Deus da alegria de Seu Jeremias e Dona Piedade quando cada um dos filhos nascera, o Deus que dava beleza aos sons que Jorge tirava do violão. O Deus do sorriso feliz de Ana quando Jeremias pegara ela e Jorge se agarrando no beco atrás de casa; Piedade rira da surpresa do marido e lembrara que também fizeram as suas na juventude. Jeremias lembrava ainda da última vez em que aquela casa estivera cheia. Fora em um Natal, sete anos antes.

Isaías estava em um dos sofás com sua esposa Angélica e seu filho Israel. Isaque estava de pé com um uma namoradinha da época, perto da janela. Raquel no corredor reclamando com o namorado todo tatuado, que Jeremias detestava, que não podia fazer nada que queria naquela casa e que Ana era a queridinha do pai. E Ana, fascinada, no outro sofá, ouvia Jorge tocar suas músicas. Piedade havia trazido o pequeno Everton para sua primeira ceia de Natal. Ela observava com olhos de felicidade indizível o Everton e seu netinho Israel brincando e correndo pela sala. Jeremias sentiu saudade do seu neto, nunca mais o vira, senão em foto, desde que ele e a nora foram morar com a família dela na Paraíba, logo depois que Isaías morrera. Naquele último Natal, lembrava-se de, naquele momento de casa cheia, Dona Piedade acariciando a sua barba e dizendo:

— Olha como Jesus nos abençoou com uma família linda.

O morro, em que as famílias dele e de Piedade moravam havia gerações, era o seu monte Sião. E esse era o Deus de Jeremias, o Deus que já o abençoara com uma família, a maior das bençãos possíveis para um homem, e agora o abençoava ao menos com as lembranças de quando ainda valia a pena estar vivo. A trilha sonora daqueles tempos era a música de Jorge. Agora, quando Jorge tocava suas músicas bonitas, só no instrumental, Jeremias sentia beleza do Espírito, mas, ao mesmo tempo, tristeza pela falta das vozes cantantes. O próprio salmista dissera ao Senhor para que o livrasse da morte porque "no mundo dos mortos, quem o louvará?".

Jeremias, ao ouvir o vizinho Jorge com seu violão, da sua casa sempre cantava o cântico por todos os mortos queridos que não poderiam mais entoá-lo. Dessa vez, era uma música do coral da igreja, do qual Jeremias fizera parte até começarem as tragédias de sua vida, quando também abandonara a igreja, por não aguentar tanto julgamento sobre as vidas e as mortes dos seus filhos. Jorge tocava uma versão em português de *Jesus Alegria dos Homens* de Bach, que Jeremias cantava baixinho em lágrimas, ao som do violão vizinho:

> *É Jesus minha alegria*
> *meu prazer, consolo e paz.*
> *Ele as dores alivia*
> *e minh'alma satisfaz.*
> *É Jesus meu sol fulgente,*
> *meu tesouro permanente.*
> *Eu por isso o seguirei,*
> *e jamais o deixarei.*

Finalmente conciliado com seu Deus, Jeremias fechou a Palavra. E, ao som da música de Jorge, a luz da manhã sobre o morro iluminou também, ainda que parcialmente, o seu coração.

DAVI E ELISA

I — Liturgia

As vozes ondulavam pelos dois corpos nus em repouso.

— Elisa, posso iniciar nossa tradicional liturgia desses momentos?

— Ah, lá vem! Adora uma liturgia. Mas comece, essa aí eu tenho dito e ouvido com tanta frequência que já estou quase decorando.

— Elisa, precisamos parar com isso, não estou pronto para um relacionamento agora.

— Nem eu quero me prender a alguém agora, Davi, essa foi a última vez.

— Nunca mais.

— Sim, Davi, somos adultos, maduros, vamos saber nos controlar e ter apenas amizade.

— Uma amizade saudável só com conversa e apoio mútuo.

— Sim, sem eu te fazer carinho assim, e sem te beijar assim...

— Isso... sem me beijar assim e...

— ...

— Amém!

— Ai, Davi, só você!

— A gente não cabe nesse mundo, Elisa.

— São tantos mundos que cabem em nós...

— Eu fico pensando se tivéssemos nos conhecido nos tempos em que ainda éramos da igreja.

— Não sei, talvez fôssemos bem diferentes, Davi.

— Ou talvez não.

— Eu acho que eu nunca me atrairia por você e vice-versa, porque ficaríamos fazendo papel falso de santinhos para os outros de maneira tão convincente que você ia me achar uma chata e eu ia te achar um bobão.

— Ou talvez, em algum momento, tirássemos nossas máscaras.

— E por que continuar em um lugar que nos exige máscaras?

— Pelo menos no discurso, dizem que Deus nos quer lá sem máscaras.

— Pode até ser que nos queira sem elas, mas é impossível viver entre as pessoas que falam por Ele sem esconder-se até de si mesmo. Como é difícil ser apenas humano entre esses humanos que se comportam como deuses! Imagina eu, escritora, ainda na igreja, tendo que submeter minha literatura a todo tipo de julgamento doutrinário, ter que ficar dando explicações de por que digo isso, por que escrevo aquilo, ter que lidar com questões importantíssimas da humanidade como: se tatuagem é pecado ou não, se crente pode ouvir música que não seja evangélica e outras bobagens.

— Pois é, nisso eu concordo. Você teria que escrever aquelas histórias em que tudo se resolve com a pessoa aceitando a Jesus no final.

— Sim, e assim seria tudo falso. Quem é sincero consigo mesmo e com a sua fé sabe que não é tudo tão fácil e artificial assim.

A realidade é sempre muito mais complexa. Olha só a beleza do teu corpo nu, essa textura deliciosa, teu gosto ainda na minha boca... podem dizer que é pecado, que não deveria ser assim, mas queiram ou não, é assim, é a realidade, e ainda bem que é assim!

— Imagina se você conta em algum dos teus contos um relato exato do que acabamos de fazer? Na igreja te criticariam por estar incentivando sexo antes do casamento, por usar teu talento para a imoralidade e outras coisas que acham importantíssimo vigiar.

— Nem fala, preto. Pior ainda, imagina se eu faço histórias com um retrato fiel de tudo que acontece dentro de uma igreja, sem ocultar a humanidade e a diversidade das pessoas que estão ali, com todas as suas alturas e seus abismos. Diriam que estou difamando os crentes, que estou difamando a igreja de Cristo. Nós, que crescemos na igreja, sabemos bem: no final das contas, lá dentro é como em qualquer outro grupo humano, com todas as amarguras, delícias, amizades, inimizades, companheirismos, crimes, ignorâncias, sabedorias, prazeres e dores. O problema todo é que muitos deles julgam e condenam todo mundo como se eles mesmos também não fossem assim.

— O problema são esses líderes também, Elisa! Há líderes religiosos que sabem tudo sobre divindade, mas não compreendem nada sobre humanidade. Sabem de tudo sobre como as coisas deveriam ser, mas não sabem sequer como são. É assim que se começa a ser desumano.

— É isso, Davi. Eu conseguiria fazer Literatura com fé, mas não conseguiria fazer Literatura sem ser compreensiva com a minha humanidade e a dos outros.

— Mas ser compreensivo também é tão difícil, Elisa. Às vezes me pego também condenando algumas pessoas por não serem como eu queria, também me pego sendo incompreensivo comigo mesmo. É tanto tempo que fiquei sendo ensinado que ter consciência é o mesmo que ter culpa e que ser justo é condenar que custa sair de mim essa mentalidade de sempre pensar e agir baseado em culpa de si e condenação dos outros. Só há pouco tempo comecei a sentir leveza e paz em viver. Foi só contigo que aprendi.

— Também, preto. A primeira vez que me movi a alguém sem estar sendo puxada por corrente alguma foi quando conversamos e ficamos nus pela primeira vez.

— Me sinto mais livre, preta, mais pleno contigo, mas não consigo apagar o passado da minha mente. Sabe? Me entristece lembrar que muitos que diziam me amar e sentir a presença de Deus por meio de mim e das minhas músicas se afastaram e me apagaram de suas existências como se fazia com os leprosos dos tempos bíblicos. Eram pessoas que eu amava e que pensava que me amavam, mas me fizeram escolher entre ser eu ou estar com eles. Isso é doloroso...

— Olha, não entristece essa carinha, meu preto, é assim que funciona o mundo, não só dentro da igreja, mas em todo canto. Vem cá, me abraça mais forte. Dói, eu sei que dói. Meu corpo já recebeu muitos golpes, assim como o teu; e esta mente está cheia de cicatrizes, assim como a tua.

"A arma da moralidade perfeita é usada por todos, conservadores ou progressistas, de direita ou esquerda, crentes e até ateus. Se não gostam de você, usam o que consideram tua falha moral para desqualificar tudo o que você faz, tudo o que você pensa ou crê e tudo o que você é. Não há quem resista à tentação de atribuir o erro e o Mal aos seus oponentes. Eu vivi isso na igreja. Por ser quem sou e pensar sem pedir permissão, fui chamada das coisas mais horríveis. Por não deixar de amar aquelas e aqueles que amei, por não odiar aqueles que as crenças diziam para odiar, por não torturar meu corpo e mutilar minha mente para me transformar no que eles queriam, fui chamada de inimiga de Deus, filha do Diabo e instrumento de Satanás.

"Não importa o que você construiu, fez ou viveu, Davi, será odiado e tudo o que construiu será desqualificado se souberem que você transou com quem acham que você não deveria transar, se disse o que acham que não deveria ser dito ou se questionou qualquer regra que acreditem ser para o bem da humanidade. Não importa o que se argumente, amparados pela sua Lei de Deus, todos atiram cinicamente as primeiras pedras."

— E eu não sei o que é isso, Elisa? Nunca consegui ser eu mesmo na igreja, sem que ficasse na eterna paranoia do que os outros vão dizer ou com medo do que vão ver e interpretar do que viram. Foi a infância, adolescência e parte da juventude assim. Mas realmente é como você disse, não é só na igreja, hoje vivo no meio de pessoas de várias religiões, ideologias políticas e doutrinas de vida, e não me sinto à vontade para dizer com toda a sinceridade o que realmente penso sobre as coisas, sempre tenho que medir palavras e adaptar o modo de dizer a cada grupo. Tenho sempre que me censurar para não ser censurado. Com o tempo e a vivência, percebemos que uma das maiores bençãos é ter com quem se possa ser totalmente sincero sem ser condenado.

— Eu me sinto assim livre contigo, Davi. Com nenhum outro converso sobre essas coisas. Estamos cercados de gente, tal como estávamos nos tempos de igreja, mas somos dois solitários.

— Somos, preta. Mas pelo menos contigo posso estar nu e dizer palavras nuas, sem vergonha alguma dos meus desejos, sem culpa alguma do que eu sou.

— Acredita que o novo livro de contos que comecei a escrever é justamente sobre isso que estamos falando? Me sinto sufocada por tanta estupidez que ouço e preconceito que suporto. O mundo é um lugar asfixiante, escrever me faz conseguir respirar melhor.

— Me mostra! Sabe que adoro ler e ouvir tuas histórias.

— Só defini a epígrafe do livro e terminei a primeira história hoje de madrugada, mas ainda nem intitulei, nem mostrei para ninguém. Quis que você fosse o primeiro a ler.

— Qual será a epígrafe?

— É um epigrama de Goethe que traduzi à minha maneira. Tem tudo a ver com o que estávamos falando. Ouve só:

O homem de Estado, o sacerdote e o moralista te enganam
E como você, povo, adora tão profundamente esse trevo!
Que droga! Não dá pra pensar ou dizer algo sinceramente
Sem ferir gravemente o Estado, os Deuses e os Costumes.

— Como pode... essa ousadia deve ter sido escrita há mais de duzentos anos e, ainda hoje, somos feitos de otários todos os dias por esses três.

— Todas as sabedorias e ousadias existem há milênios. De século em século, são novamente ditas e novamente escritas, em todos os continentes e em todos os povos, a cada povo na sua própria linguagem. Porém, são sempre pouco ouvidas ou muito combatidas. Uma dessas sabedorias, contada por muitos, de diferentes formas pelos milênios, é essa primeira história que vai iniciar meu novo livro.

— E como ela chegou até você?

— Isso não posso dizer, mas juro pelos nossos corpos sagrados que é Verdade e Sabedoria.

— Como sempre, você e teus mistérios. Nem vou insistir, porque você nunca diz. Mas conta para mim a história, Elisa...

— E, desse jeito, continua a nossa liturgia de sempre. Você aceita os mistérios desta fé e eu te revelo minhas histórias. É incrível como sinto prazer em ler para você o que escrevo.

— E eu tenho sempre o prazer de te ouvir.

— Nomeei para essa história um estranho personagem chamado Tomé.

— É por causa do apóstolo?

— Sim e não, não sei dizer, parece que um dia o personagem me encontrou na minha mente, desolado, e me contou sua história. Os personagens surgem aqui. Quando digo que os crio, na verdade, só dou forma escrita ao que me ocorre sem palavras, como o vento, que sopra onde quer, que não sei de onde vem, nem para onde vai, mas sempre ouço a sua voz. Não há quem conte o que antes não tenha ouvido.

— Com certeza devo estar fazendo cara de bobo apaixonado agora, eu amo te ouvir falar assim. Tua inteligência me fascina.

— Ai ai, há um mês juramos que ia ser só sexo, e agora está você aí com essa cara de emocionado e eu te mostrando as coisas que escrevo. Uma coisa é mostrar a nudez e fazer sexo, mas isso que fazemos agora é intimidade demais.

— Está com medo de que eu veja tua mente nua?

— Será que não é você que vai ter medo quando a ver?

— Me mostra e eu te digo.

— Tá bom, homem corajoso, você que pediu.

E as paredes, em suspense, observavam os olhos e ouvidos atentos de Davi, assim como o semblante de Elisa, que mudou com um olhar grave assim que ela pôs os olhos nas primeiras palavras da sua história, e contou assim:

II — Conto

A fama da grandeza de Jafari já se espalhara por toda a terra. Muitos, de muitas partes, o procuravam buscando saber a Verdade. Todos sabiam onde o sábio morava: no alto do morro, naquela casinha que construíra com as próprias mãos para habitar com a dama a quem amava. Ele de nenhuma fama se envaidecia, porque sabia que a sua sabedoria, a sua beleza e a sua justiça eram espelho da mente, do corpo e da palavra daquela a quem amava, cujo nome ninguém sabia, mas que era constantemente nomeada de Sabedoria, Beleza ou Justiça. Alguns até mesmo a nomeavam Divindade, outros preferiam não nomear. Independentemente de como fosse, era com ela que Jafari habitava, e são dela as fontes da Vida.

A porta da casa nunca era fechada, permanecia para sempre aberta para quem quisesse ir e aprender, pois benevolência é virtude daquele que alcança a máxima elevação e a máxima profundeza. Porém, curiosamente, ninguém ainda havia conseguido chegar até Jafari.

Isso porque surgiu por ali um pobre diabo, daqueles fabricados por algum religioso maniqueísta. Vivia de mentiras, culpas e armadilhas. Achava perigoso que verdade e conhecimento, tanta Sabedoria, Beleza e Justiça, estivessem tão acessíveis a todos. Vai que alguém realmente falasse com Jafari! Então decidiu, por prevenção, tentar distrair e dissuadir todos os que subissem o morro com intenção de encontrar o grande sábio.

Deu certo. A cada um que subia, às vezes estando a poucos metros da casinha, o diabo lhes tentava oferecendo o domínio da sua religião e a destruição das outras, o domínio do seu partido político e a destruição dos outros, que o que pensasse ou cresse fosse sempre o certo e que qualquer coisa diferente fosse o errado. Também lhes oferecia que aqueles que considerassem errados fossem destruídos, que pudessem obrigar quem desejavam a satisfazê-los, que tivessem o poder absoluto sobre quem amavam, a ilusão da superioridade e a ostentação da perfeição moral. Muito mais oferecia, segundo cada um idealizava o mundo. Assim, não houve um só que ele não conseguisse dissuadir de alcançar Sabedoria, Beleza e Justiça.

Até surgir o jovem Tomé.

De terra infinitamente distante, Tomé vinha desejoso de adquirir Sabedoria. Nesse desejo procurava, resistia a sol e chuva, paz e guerra. Resistia a escárnios e elogios enganosos, a palavras vazias e informações falsas. Quando, numa manhã, finalmente chegou ao morro, seus olhos lacrimejaram de emoção. Enfim conheceria a própria Sabedoria, o grande Jafari. Ao vê-lo subindo tão obstinadamente, o diabo foi seguindo o jovem e falando sem parar, mas Tomé não o ouvia. Só conseguiu parar Tomé quando este já estava na porta, prestes a conhecer Jafari.

Ali, na porta, e até a hora em que o sol se pôs, o diabo lhe ofereceu mil fantasias e mentiras, mil tentações que o homem comum considera paraíso, mas tudo em vão. Fez a ele uma por uma de cada uma das tentações que fizera a cada um dos que lá subiram e acrescentou o triplo. Mas Tomé, firme em seu propósito, já superara todas essas tentações, e nem sequer as resistiu, pois nem mais considerava tentação prêmio tão vil, baixo e inútil. Assim, o diabo, desolado, o viu entrar pela porta sempre aberta. Estava vencido e perplexo de que houvesse homem tão forte que lhe pudesse resistir.

Entrando na casa, enfim Tomé encontraria o grande sábio que

procurava. Grande era a expectativa das luzes que deveriam eclodir ao seu redor e eternamente... mas havia apenas, no tosco chão de barro cozido, um homem negro sentado, estranhamente vestindo roupas luxuosas. De olhos fechados ele estava, e não via o jovem.

Confuso, ora pensava Tomé: "Parece ser simples demais, assim, sentado no pó sujo como um mendigo, sem dignidade e higiene alguma...". Ora pensava: "Não, não, deve ser arrogante e vaidoso, veja as roupas que usa... dignas de um príncipe!".

Viu, ao fundo, a dama, linda e desnuda. "Mas pode haver um sábio que habita com essas coisas carnais?". Quase em seguida, ponderou: "Ele está de olhos fechados, um sábio deveria ter seus olhos sempre abertos". Durante muito tempo analisando o sábio com olhos hábeis, refletindo e exercitando o senso crítico e polêmico com que tanto se ilude por aí, concluiu em pensamento: "Aparenta nobreza, mas sua postura é vulgar; aparenta simplicidade e se veste orgulhosamente. Que pode me ensinar um ser vulgar e orgulhoso? Que pode me ensinar um homem carnal e cego? Não é assim a sabedoria que por tantos anos imaginei. Não... nunca será esse o grande sábio que procuro."

E, em decepção sincera, um melancólico Tomé partiu.

Ao sentir o vento de sua ida, Jafari abriu os olhos. Nos seus lábios, um sutil sorriso. E, com olhar irônico, o sábio dirigiu-se ao pobre diabo perplexo, que, à porta, confuso, nada entendia:

— Viu? Tua tentação é desnecessária aos que procuram inutilmente.

III — Procura

No dia seguinte, ainda sob o impacto da história de Elisa e do fato de não conseguir tirar a amiga da memória, Davi olhava o sol se pôr pela janela do seu apartamento. Ela e suas palavras o habitavam tanto que ele sequer sentia que estava sozinho. Não imaginava que um dos benefícios de uma "amizade com benefícios" poderia ser também amor. Estava fascinado pela inteligência e sabedoria daquela mulher. Decidiu escrever alguma coisa. Ela já tinha mostrado a ele tantas coisas que havia escrito, e ele só tinha respondido com sua audição e admiração, precisava mostrar também alguma coisa. Pensou em fazer um poema que dialogasse de alguma forma com o último conto que ela lera. Um poema sobre procura.

"Procuro o amor em ti", pensou em iniciar, mas, além de piegas, pensou que nem tudo nela era amor, ela mesma dizia isso. Humanos não são poços de amor ou poços de ódio. Essas águas se misturam com frequência e intensidade. "Procuro a Divindade em ti", mas ela estava bem distante de se encaixar em qualquer um dos conceitos religiosos que ele conhecia sobre o que era de Deus e o que não era. Elisa estava muito acima de tudo isso. "Procuro a sabedoria em ti", "Procuro a paz em ti", "Procuro a leveza em ti", foi tentando e riscando logo após. Já imaginava ela rindo, dizendo que ele também procurava inutilmente, porque, se arrancasse dela a ignorância, a tempestade e o peso, ela já não seria ela, seria um desses modelos morais que não existem, seria uma máscara social apenas. Já não teria também nem sabedoria, nem paz, nem leveza, porque nem humanidade teria. Davi tentou então algo mais simples e, aparentemente, definitivo: "Procuro a ti". Mas achá-la não era achar tudo o que ela era. Ele mesmo a conhecia havia três anos, mas só havia um mês encontrara uma parte ínfima do que Elisa era.

No dia seguinte, quando novamente estavam nus, conversando divindades e sabedorias ocultas um nos braços do outro, ele mostrou o poema. Leu, com um tanto de nervosismo, com um tanto de inesperada timidez, o pouco que conseguira escrever com muito esforço:

> Eu procuro.
> E se tu me perguntas
> O que eu procuro,
> Eu te direi:
> Tudo aquilo que encontrar em ti.

Nos olhos dele estava a tensão da espera do que Elisa achava do seu poema. Toda tensão se desfez quando ela, penetrando os olhos radiantes nos seus olhos, lhe disse sorrindo:

— Também te amo, Davi.

AURORA

I

Faltava meia hora para o seu casamento e Jeferson ainda não vestira as suas roupas. Olhava no espelho o seu corpo alto, negro e nu como quem olha o inimigo. Por um segundo, descuidou-se e deixou voltar à sua memória, pela milésima vez naquele dia, um outro corpo. Também negro, também masculino, também nu como vira algumas vezes. Aquela textura que sentira tão deliciosamente. Mas balançou a cabeça e disse a si mesmo: "Os sodomitas não herdarão o Reino de Deus". Olhando no espelho o seu olhar de angústia, apagou mais uma vez da mente a imagem do seu pecado. Substituiu-a forçada e desesperadamente pela imagem da noiva. Loira, branca e disposta à submissão total ao futuro marido em nome da família: o padrão visual e moral que ele e os outros da sua geração aprenderam desde meninos do que era uma mulher perfeita para se casar. Mas Jeferson não sentia nada lembrando disso. Nenhum desejo, nenhuma sorte.

Jenifer não era uma mulher, nem mesmo uma pessoa, era a personificação do seu dever como varão de Deus e a chance de salvação da sua alma. Era a Fêmea cuja conquista era prova de que ele era macho, tal como aprendera desde pequeno que seu Deus queria. Como queria sentir algo por ela, nem precisava ser amor, podia ser um mínimo desejo. Isso facilitaria tanto as coisas. No entanto, nunca sentira isso por ela, nem por mulher alguma. Precisava disciplinar sua alma à força. Violara sua alma com toda a força da fé no Deus Homem. Jenifer era ninguém, era só o efeito colateral de um remédio que Jeferson se prescrevera para a cura da doença que acreditava ser. Ao ver seu corpo naquele espelho, ele, inimigo de si, forçava-se a ter ódio da sua carne e de qualquer outra que atraía seus olhares lânguidos.

Mas quando se distraía do ódio a si mesmo, inevitavelmente lembrava, mais uma vez, do corpo de Rodrigo. Então passava a odiá-lo, e a culpa que sentia em si atribuía também a aquele desgraçado. O pecado do Rodrigo era existir. Ele também frequentava a mesma igreja de Jeferson, eram melhores amigos. Um dos poucos que entendiam Jeferson um pouco mais a fundo e entendia o seu jeito. Numa tarde, estava, como sempre, conversando na casa do amigo enquanto seus pais estavam no trabalho. Rodrigo adorava teologia e filosofia. Jeferson adorava qualquer assunto de que Rodrigo falasse. Jeferson ficava fascinado pela inteligência dele, pelas coisas que ele falava, pelo som da sua voz, pela forma macia dos seus lábios grossos... e se perdia naquelas conversas que pareciam desnudar a sua alma.

Rodrigo sempre fazia questionamentos sobre doutrinas da igreja. Pareciam heréticos, mas faziam tanto sentido. Questionamentos que Jeferson também tinha, mas que nunca ousara pôr em palavras. Admirava e se encantava pela coragem de Rodrigo na mesma proporção em que tinha medo do julgamento dos irmãos e do Deus que odiava ser questionado. Muitas vezes, Jeferson se arrumava lá na casa do amigo antes de irem ao culto ou a alguma atividade da mocidade. Havia uma daquelas programações para jovens solteiros, que os dois amigos achavam um saco. Jeferson estava visivelmente chateado de ter que participar de mais uma delas, mas era filho do pastor, precisava dar o exemplo para os outros jovens. Rodrigo percebeu que era mais do que isso e sentou-se ao lado do amigo, enlaçando-o com seus braços:

— Pode falar, cara, sabe que pode falar qualquer coisa comigo.

— Sei lá, Rodrigo, é estranho. Tem acontecido umas coisas legais, mas ainda estou me sentindo muito sozinho. Não caçoa de mim não, mas ando meio carente.

— A Alice não estava querendo ficar contigo? Ela é bonita...

— Não estou a fim.

Rodrigo surpreendeu-se com o quanto sentiu seu coração ficar leve com a afirmação do amigo.

— Mas como assim se sente sozinho?

— Não sei explicar — disse enquanto sentia o seu coração pular pela boca, sem também entender o porquê.

Enquanto se olhavam, o silêncio ficava cada vez mais constrangedor. Então perceberam que estavam praticamente abraçados. Os corpos foram pouco a pouco se acomodando num abraço completo, como se reencontrassem uma forma perdida. Na fôrma imóvel do abraço, cada vez mais forte, os dois se movimentavam lenta e sutilmente. Assim ficaram por um tempo. Silêncio ainda havia, mas não existia mais no mundo constrangimento algum. Os movimentos, crescendo em intensidade, quebraram suavemente a forma do abraço. Agora todas as formas eram possíveis.

Rodrigo acariciava a pele de Jeferson, em devaneio, surpreso de como era tão leve estar com o amigo. Como em reflexo, Jeferson passou também a acariciar Rodrigo. Esqueceram-se de tudo. Olharam-se, compenetrados um no outro, enquanto as mãos já alternavam delicadeza e força nas peles. Tudo era sensação, novidade e delícia.

A textura daquela rigidez estranhamente macia. O gosto. A visão das roupas lançadas ao chão. O olhar brilhante, as súbitas e deliciosas dores e os prazeres nunca suspeitados. O gozo e um sorriso aliviado e livre, talvez o último. As línguas e os lábios macios, que encontraram vários lugares dos corpos, reencontravam-se enquanto as águas brilhavam as peles no banho. Lembranças inevitáveis de uma leveza tão perfeita que nem mesmo todo o peso da culpa podia destruir.

Foi o único momento de leveza da vida de Jeferson. Tudo depois dele foi o peso da culpa e do medo de ser descoberto. Jeferson tinha alguns jeitos que os irmãos da igreja achavam delicados demais, um modo de falar que lembrava mais suas amigas do que os outros rapazes, com quem não tinha amizade, com exceção de Rodrigo. Todo mundo pensava, mas ninguém dizia. Tinham profundo respeito pela família do jovem, composta por três gerações de pastores, todos com suas famílias, abençoados, verdadeiros varões valorosos. Bastava arrumar uma namorada e depois casar, que aquele jovem se consertaria. Ademais, podia ser que não tivesse nada para consertar, talvez toda aquela delicadeza, toda aquela demora em aparecer com uma namoradinha, ou até mesmo em observar a beleza de uma mulher, deviam ser sinais de santidade, de um rapaz realmente focado nas coisas do Céu, e não nas carnalidades da Terra. Era, na verdade, um exemplo para esses jovens que só pensam em indecências.

Foi Rodrigo que quase estragou tudo com sua teimosia e arrogância. Jeferson gelou naquele momento, diante do espelho, ao lembrar do medo de quando Rodrigo decidiu falar tudo, após um ano de provarem de momentos tão livres e deliciosos como aqueles, regados da beleza de seus corpos, da sabedoria das suas conversas e da leveza da companhia. Lembrava-se ainda das palavras exatas da discussão.

— Como assim você vai contar o que é?

— Para de se enganar, nós somos gays, Jeferson!

— Eu não sou gay, vai me ofender só porque confiei em você?

— Quem disse que é ofensa, cara? É o que eu sou, se você quer se enganar, é contigo. Eu estou cansado de me esconder, e para quê? Para agradar um monte de gente infeliz que vive cagando regra na vida dos outros?

— Seu desgraçado! Egoísta! Sabe o que vai acontecer comigo, o que eu vou dizer para os meus pais, para todo mundo com quem cresci, para as pessoas que gostam de mim? E a obra de Deus? Eu vou perder tudo, vou ficar sozinho e destruído!

— Eu não vou viver numa prisão porque você ama a companhia das grades!

— Para você é fácil falar, teus pais nem são da igreja, você não cresceu entre os irmãos, se converteu depois de grande. Mas comigo é diferente, você sabe que, desde criança, eu tenho que ser exemplo, todos esperam de mim nada menos do que a perfeição nessa droga! O que eu posso fazer? Mas eu pequei, admito! O que fizemos é pecado, entende, Rodrigo? Tipo, erramos sabendo que era errado, não tem por que contar nosso erro para os outros. Vamos pedir perdão a Deus. Uma hora vamos voltar ao normal e...

— Pecado é o caralho, Jeferson! Nunca teve normal nenhum, porra! Tu, além de gostar das grades, venera as paredes e lambe as botas do carcereiro!

— Não fala assim...

— Então vai lá, santo, continua lá o teatro dessa gente, fica aí. Eu vou me libertar sozinho mesmo, queria que fosse junto contigo, mas também sou o que sou sem você!

— Você não acredita mais em Deus? Vai me fazer escolher entre Deus e a nossa amizade?

— Amizade, Jeferson? Amizade? Se você não tem sequer coragem de nomear sinceramente o que nós vivemos e sentimos um pelo outro, não tenho mais assunto contigo. E, mais uma coisa, para de chantagem emocional. Para de querer se colocar como um herói da fé. Deixa de ser idiota. O que está em jogo aqui não é uma santa e heroica escolha entre Deus e o mundo, é uma escolha entre um Deus que não tem nada melhor a fazer senão vigiar os órgãos genitais dos seres humanos e um Deus que me ama como eu sou, que é o que acredito.

— Você é um arrogante, desgraçado! Não teme a Deus!

— Sim, todo aquele que um dia luta para não ser dominado e anulado é chamado de arrogante, incrédulo, mundano, filho do diabo. São os rótulos que aqueles a quem você obedece dão aos que não aceitam se curvar a eles. E é a isso que você se ajoelha, não é a Deus nada, é aos preconceitos e ignorâncias deles disfarçados de vontade de Deus. Estou cansado da tua covardia!

— E eu, da tua arrogância!

— Então é isso, fica tu com tua covardia aqui, que eu vou com minha arrogância para bem longe! Adeus, santo! Adeus!

E foi a última vez que o viu. Desde então, não houve um dia em que não estivesse com seu coração partido. Convencia-se que era por causa do conteúdo da conversa. Mas, se buscava tanto convencer-se, era mentira. Doía insuportavelmente no coração a distância de Rodrigo, ainda mais pelo jeito que ele tinha se distanciado. Mesmo destruído, só lhe restava agora seguir o caminho correto, ou seja, o roteiro que haviam rascunhado desde sempre para ele. Macho, santo e anunciador do caminho que levava ao céu e dos caminhos que levavam ao Inferno. Mutilado e insuportavelmente reprimido, mas nos caminhos de Deus.

Quando surgiu o escândalo na igreja e os irmãos diziam que Rodrigo havia saído dos caminhos do Senhor, caído em um pecado abominável e tomado pelo demônio da homossexualidade, Jeferson ainda tinha vontade de defendê-lo. Não passou despercebido o fato de que Rodrigo o protegera, não dizendo nada sobre ele. Mas não havia como defender Rodrigo sem entregar-se. Em alguns momentos, chegou mesmo a reprová-lo e a chamar pessoas como Rodrigo de abomináveis, quando alguns mais maliciosos lembravam que Rodrigo e Jeferson andavam muito juntos. Só havia um modo de defender-se definitivamente, aparecer com mulher, não importava qual fosse. E, porque passou a odiar a si mesmo, passou a odiar o homem por ser desejo do seu pecado e a mulher por ser obrigado a desejá-la para não pecar.

A escolhida foi uma nova convertida, Jenifer. Despertou prontamente o desejo de todos os rapazes solteiros da igreja. Também de alguns dos não solteiros, embora não confessassem. Era a beleza padrão. Não havia melhor oportunidade de Jeferson se afirmar como homem definitivamente macho senão conquistando a mulher que todos queriam. Ela até percebeu algo no rapaz que não condizia com seu discurso artificialmente sedutor e bondoso, mas também viu ali a oportunidade de finalmente ter um relacionamento santo e segundo o que o Senhor queria. Era chato às vezes, mas quem sabe essa sensação de chatice e falta de qualquer atração não fosse a carne pecaminosa tentando enganar? Então, calando o corpo e a mente, consentiram mutuamente nos seus personagens.

Foi com felicidade geral que todos souberam do namoro de Jeferson e Jenifer. Um daria jeito no outro, ela daria jeito no jeito sugestivo do rapaz, ele apagaria o fogo da moça com sua santidade, herança de família. Da moça, se dizia que tivera muitos parceiros sexuais antes de entrar para os caminhos do Senhor. Pois bem, o que importava era tomarem jeito definitivamente e, para isso, nada melhor do que um casamento diante de Cristo. Em breve, talvez, se veria Pastor Jeferson e Missionária Jenifer pregando a Palavra de Deus, ajudando outros casais a se ligarem e solteiros a se ajustarem. Nada podia contra a vontade do Deus que tudo vê, tudo pune e diz como tudo deve ser. O que não é como o que ele diz, é punido depois da vida com o Inferno e, antes da morte, pela hostilidade e julgamento dos seus fiéis.

    Durante o namoro, passaram a ser celebrados como o casal mais bonito e perfeito da igreja. As mulheres falavam da sorte de Jenifer de casar logo com o filho do pastor; os homens, de Jeferson não se contentar com mulher do dia a dia, aquelas pretinhas da igreja, as gordas, as magrelas demais e outras mulheres boas até para casar, mas não para fazer os outros terem inveja de você. Parecia que o respeito com as mulheres e a igualdade perante Deus, que as teria feito todas conforme a sua imagem, só valia para Deus mesmo. Já os homens tinham sua hierarquia de formas e belezas, que achavam ser natural de seus gostos, mas não sabiam ou não queriam saber as forças que a instituíam. Não se sentiam nem um pouco envergonhados desse pensamento, mesmo aquelas mulheres também sendo suas mães, irmãs, namoradas e amigas. Jeferson e Jenifer eram o casal mais santo da igreja, o que não era difícil, visto a total falta de atração. Corpos mortos não pecam. Verdadeiramente, os dois eram a total encarnação do "corpo mortificado".

    A única emoção genuína que Jeferson teve durante esse tempo de namoro foi a raiva quando soube por onde andava Rodrigo. Estava namorando um outro rapaz, abertamente, sem esconder-se. De mãos dadas na rua e tudo. Também soube que ele frequentava uma dessas igrejas de teologia progressista que aceitavam homossexuais. Era um absurdo! Enquanto Jeferson se sacrificava, literalmente, de corpo e alma pela sua salvação, entregando-se à tristeza, tendo que aguentar os beijos daquela mulher e uma dor que não sabia ou não queria saber de onde vinha, Rodrigo estava querendo ser feliz e salvo ao mesmo tempo! Esse insolente desse Rodrigo queria ser o que era e, ao mesmo tempo, amado por Deus, sem culpa alguma, sem repressão nenhuma. E ainda estava namorando. Jeferson se sentia traído, amorosamente e espiritualmente.

Sozinho, orava ardentemente pedindo a Deus para que tirasse esses desejos do seu coração. Lia mil vezes salmos de arrependimento, perdeu as contas de quantas vezes orara o Salmo 51, que se tornara seu hino íntimo de tanto que o recitara, a ponto de decorar cada palavra:

> *Tem misericórdia de mim, ó Deus, segundo a tua benignidade*
> *E, segundo a multidão das tuas misericórdias,*
> *Apaga as minhas transgressões. Lava-me completamente*
> *da minha iniquidade e purifica-me do meu pecado.*
> *Pois eu conheço as minhas transgressões,*
> *E o meu pecado está sempre diante de mim.*

Muitas vezes, ao chegar nesse último verso, não conseguia completar o salmo de tanto que as lágrimas o tomavam, a ponto de soluçar, e o coração contrito doía diante do seu espírito quebrantado. Mesmo com esse arrependimento sincero de tantas vezes, nunca conseguiu que seu coração tivesse a pureza que tanto queria, e tanto arrependimento se tornou um ciclo eterno de tortura, de lágrimas e de angústia.

    Chegou numa noite a pedir que Deus o destruísse, que o aniquilasse, já que o seu pecado e a sua existência pareciam cada vez mais serem um só, mas Deus não atendeu o seu clamor, e ele continuou vivo e com o pecado na sua mente todo santo dia. Só não se suicidou porque diziam que quem o fazia ia direto para o inferno. Assim, não podia viver e nem mesmo morrer sem que a perdição da alma o ameaçasse a cada minuto, principalmente aqueles minutos em que lhe invadia a mente a lembrança das tardes com Rodrigo ou quando achava algum rapaz atraente, mesmo sem querer pensar nisso. Se suicídio não fosse pecado de perdição eterna, teria se suicidado cada uma das vezes em que lhe vieram essas belezas, e logo depois a culpa lhe pesou a alma insuportavelmente.

    Com todo esse sacrifício do seu ser, sentia-se um herói da fé, porque sacrificara toda a sua felicidade por Deus. Para valer a pena todo esse seu sacrifício, tinha que haver alguma vantagem para ele, o Céu, e uma desvantagem para os outros, um inferno para os que ousavam ser o que eram sem se sacrificar ou sentir culpa. Para os que não queriam também se torturar para conquistar a santidade. Deveria haver um inferno para todos os Rodrigos do mundo. O Inferno em que essa gente seria lançada tinha que ser terrível, algo que fosse muito mais insuportável que a dor e a solidão infernal que ele sentia todos os dias dentro de si.

    Não conseguia ver como era possível haver algo mais torturante e doloroso que aquilo que sentia, mas seu Deus podia fazer o impossível. Isso era seu único consolo, o dia em que, lá do Paraíso, onde finalmente teria paz, veria serem lançados no inferno com o Diabo e seus demônios todos aqueles felizes, que alcançaram leveza na existência e não se deixaram torturar pela culpa, pelas pressões sociais e pelo moralismo. Fogo e enxofre. Choro e ranger de dentes. Então lhes diria, enquanto eles gritassem de uma dor mil vezes mais amarga que a dele: "Este aqui é o resultado dos meus sacrifícios pelo meu Deus, e esse é o resultado de vocês terem sido mais felizes do que eu!"

Era agora o momento do sacrifício definitivo.

Ainda estava nu, já era hora de colocar suas roupas. Assim o fez, como quem veste a armadura para uma guerra. Bem-vestido, nudez toda oculta, homem exemplar como sempre, irmão Jeferson se dirigia para a frente do altar, causando admiração de todos pela sua santidade e firmeza na fé. Os outros jovens comentavam daquele sortudo que casaria com a cobiçada Jenifer. Se ouvia o burburinho entre os casais, que sonhavam ser um dia tão perfeitos diante de Deus e dos humanos como agora eram Jeferson e Jenifer. Assim ele foi, debaixo do olhar exultante de todos, e se pôs diante da igreja cheia a esperar a noiva, como o crente fiel que espera a sua cruz.

II

Apenas seis meses após o pomposo casamento, aconteceu outro escândalo na igreja. Caiu na internet o vídeo do marido de Jenifer com um garoto de programa. Jeferson não tinha os dez mil para pagar a chantagem. Mesmo se pagasse, o vídeo iria para as redes, pois o garoto de programa, o Lelinho, o reconheceu: era filho do pastor Ricardo, que vivia propagando que os homossexuais eram doentes. Pastor Ricardo apoiava abertamente deputados que eram contra direitos civis básicos de homossexuais e questionavam duramente os direitos humanos. Além disso, o pastor ostentava abertamente que ele tinha uma família segundo os padrões de Deus, ensinando os pais a criarem seus filhos de forma que, quando crescessem, não se tornassem ladrões, assassinos, pedófilos, vagabundos e, principalmente, pior do que tudo isso, macumbeiros e gays. Os pais que ouvissem as mensagens do pastor Ricardo certamente teriam filhos cristãos e machos exemplares. Lelinho, já no ritmo de sair dessa vida e casar com o namorado, estava de saco cheio de todos aqueles seus clientes héteros, pais de família e machos sigilosos que odeiam viadagem em público.

Jenifer, que, desde o primeiro mês de casamento, percebia o que não queria perceber, ao ver o vídeo, humilhada, se pronunciou. Além de falar dos sites pornôs que encontrava constantemente no histórico do computador do marido, confessou diante de todos que ela estava tendo um caso com um diácono da igreja, casado, que foi seu apoio e consolo enquanto vivia chorando e infeliz em seu casamento, achando que ela tinha algum problema. Ele, bondoso, mostrou a ela que nela não havia problema algum que impedisse o tesão e o desejo de horas em um motel próximo. Sendo assim, e tendo em vista que Jeferson nunca conseguira chegar até o final do sexo com ela, se conseguisse ao menos iniciar, era certo que o filho que ela esperava de Jeferson era, na verdade, do diácono Josivaldo.

Jeferson viu, ainda, todas as pessoas que o amavam, baseadas na imagem que construíra, o odiarem e desprezarem depois de verem essa imagem se desfazendo no fatídico vídeo. Seu mundo inteiro se destruiu. As pessoas zombavam do "negão viado", o pastor Ricardo renegava o seu filho publicamente e sua mulher Genilda falava que seu filho era mais uma vítima da ditadura gayzista que aquela esquerda satânica tentava implantar no país. Os jovens da igreja apagavam das suas redes sociais as fotos que tinham com o mais novo humano a cair em pecado abominável e inadmissível, ou seja, a ver exposta a sua humanidade. Senhoras tiravam suas crianças de perto quando ele passava e senhores diziam como isso era prova do final dos tempos, pois antigamente essas safadezas de homem com homem não existiam. Alguns viam tudo com tristeza, mas não por Jeferson ou por Jenifer, e sim por mais um casal perfeito se desfazer e destruir, mais uma vez, suas ilusões de haver perfeição no amor. Alguns irmãos até comparavam Jeferson com Lúcifer na versão evangélica: era o anjo mais belo e próximo de Deus, mas se tornou depois o ser mais repugnante e odioso de todos os universos.

Expulso de casa, da igreja e dos corações daqueles por quem pensava ser amado, Jeferson vagou sem rumo, desorientado pelas ruas. Deixou tudo, ficaram-lhe somente as roupas surradas, o corpo que tanto odiava, a vergonha de si e a dor que nunca cessara, mesmo antes da queda. Perdeu tanto do que achava que era que não sabia mais como ser sem todas aquelas crenças, morais e palavras.

Em poucas horas, desorientado, sem qualquer reação possível, tornou-se mais um dos que vagam pela Lapa, entre tantos seres a quem dava mais intenso desprezo, até também recebê-lo de todos a quem já havia prezado na vida. Era noite. Seus olhos e sua mente, já acostumados à hostilidade e condenação reais ou imaginárias de Deus ou dos humanos, repousaram na ternura de um casal que dormia no chão.

Debaixo dos Arcos, na subida de Santa Teresa, sob a benção de Zé e Maria, os dois se abraçavam em sono. À volta, tudo o que muitos diziam ser todo o perigo do mundo, inclusive os dois, como os outros: de dia, vistos com repulsa ou não vistos nunca, mas seus corpos eram desejados em segredo todas as noites. Dormiam tranquilamente, juntos. Perigosos na calçada, perigosos até no sono.

Guardados pelos meninos abandonados e pelas travestis. O giro dos corpos, a escuridão e as estrelas; a angústia anestesiada, os gritos de festa; a cerveja derramada, o bêbado caído; tudo isso os ninava. Sob a proteção de Zé e Maria.

— Moço, reconheço um espírito angustiado quando vejo. — Ouviu Jeferson, despertando da cena em que se entranhara como em um sonho.

Olhou para trás, era uma travesti. O vestido azul claro realçava o brilho da sua pele retinta e a beleza das suas formas. Mas seus olhos profundos chamavam tudo a si, mesmo com o vermelho intenso dos seus lábios grossos e de desenho refinado. O brilho da lua refletia nos cachos dos seus cabelos.

— Você? — disse ele, surpreso, e recebendo dela a imediata resposta:

— Olha, meu amor, já fui da igreja, já fui da macumba, já fui do centro espírita, já fui de tudo quanto é lugar, sou filha de Deus e filha de Ossain. Você acha que só porque sou travesti não tenho alma? Tu, nessa merda que está, ainda tem coragem de achar isso? Olha, saiba que meu quartinho deveria ser considerado uma igreja dessas de moralista, porque o que mais recebo lá dentro é pai de família cristão e moralista. Eu posso ver mais do que a vista. Você confia nos homens, né? Você tentou ser igual ao discurso deles. Se mutilou todo para caber no discurso deles. E agora que você está todo na merda, onde estão eles? Você se lançou aí, mas foi com um empurrão forte deles. Eu posso ver tua alma sangrar.

Jeferson não tinha mais força para qualquer resposta. Desaguou em choro impotente. Jully o abraçou forte.

— Não chora, menino, não chora. Se o caminho te trouxe até aqui, é porque esse é o teu caminho. Jesus não te abandonou, ele passa por aqui de várias formas, muitas misteriosas, e eu sempre o reconheço, como desde criança, desde antes de ser expulsa de casa e das igrejas por ser eu. Sei de um pastor diferente, às vezes vou na igreja dele e ele ora comigo e com todo o pessoal de rua. É o único que vê a gente. Hoje ele está distribuindo comida e orando com as pessoas aqui pela Lapa. Vou te levar até ele, ele deve te entender.

Levou-o até a porta de um sobradinho antigo, entre um boteco das antigas e um motel velho. Jeferson subia as escadas levado pela mão de Jully, como quem já não tinha nada a perder. Enquanto subia, ouvia o final da oração do pastor lá em cima e reconhecia a voz. Como não a reconheceria? Mas achou que era delírio da sua mente já debilitada.

Chegando lá em cima, viu. Rodrigo impunha as mãos e orava por aquela gente que ele nunca imaginaria entrando numa igreja luxuosa como a do seu pai. Usuários de crack, travestis, prostitutas, mendigos e deficientes pedintes estavam no culto que terminava naquele exato instante. Saíam todos com uma quentinha de comida. Era assim que um dia imaginara Jesus. Quando todos saíram, Jully abraçou profundamente o jovem pastor Rodrigo.

— Faz tempo que não venho, pastor, mas senti no coração trazer aqui esse jovem confuso que encontrei ali pelos arcos. Eu tenho meus problemas, mas eu sinto Deus, tu sabe.

— Fez bem em trazê-lo — disse Rodrigo, pegando novamente sua Bíblia, sem perceber ainda quem era o moço, que tinha virado de costas, com vergonha.

— Vou lá, pastor, mas fala de mim para Deus nas suas orações. De vez em quando, leio a Bíblia que tu me deu. Não esquece de mim.

— Nem eu, nem Jesus esquecemos de você, preta. Você não está sozinha. Se cuida. Que o Senhor te abençoe e te guarde.

Quando ela desceu, Rodrigo disse:

— Pode vir, jovem. Vire-se. O que te aflige? Aqui você pode dizer tudo, não te julgo, nem te condeno. Apenas vamos orar e ouvir Deus na Palavra.

Ele se virou.

— O que aconteceu, Jeferson? — disse Rodrigo, com os olhos espantados fixos nos olhos úmidos do amigo.

Pegou na mão dele, que nada conseguia dizer. Até que se sentaram lado a lado. Em terror absoluto, Jeferson pronunciou em lágrimas:

— Eu perdi tudo.

Rodrigo apertou mais forte a sua mão e o enlaçou com seus braços, como nos tempos de adolescente. Olhares conversavam. Foi então que percebeu um brilho de tristeza ambígua no olhar de Jeferson. Querendo entender, sem saber bem como, perguntou:

— E como que você se sente?

Inesperadamente, Jeferson sorriu um sorriso tímido, ainda misturado ao terror e à lágrima. Mas era um sorriso. Tímida aurora. E, aproximando a sua face, disse:

— Livre...

TODOS CONTRA SARA
Uma parábola carioca

Em poucos minutos, tudo mudará. Queria aproveitar mais tempo contemplando a inteligência e a beleza de Sara, o seu sorriso exuberante, seus olhos castanhos brilhantes, o cabelo crespo em que eu me enredaria, se pudesse, para sempre. Mas vagamos por um mundo sem encanto, que esmaga de todos os lados, sem que eu saiba o que fazer, senão olhar, contar e depois recordar de Sara, enquanto em toda parte busco a paz e o amor, que nunca vêm. Seco agora as lágrimas, faço postura de sarcástico inabalável, posto a voz bem audível neste palco do teatro do mundo, e estou pronto para contar mais um episódio desta nossa insanidade, a que tanto acostumamos chamar de mundo real.

*

Sara aproveitou mais uma vez que o expediente acabara cedo e que não tinha aula na faculdade naquele dia e foi à reunião do partido. Era uma das poucas mulheres negras que apareciam com alguma frequência naquelas reuniões vespertinas com os militantes do PDO, Partido da Democracia e dos Oprimidos, onde se sabe de tudo e, com duas ou três frases emocionais da militância e algumas citações de algum ídolo político inquestionável, se dá a solução para todos os problemas da favela, da cidade, do estado, do país e do mundo. Mesmo estando ali, no meio dos militantes do partido, que viam e ouviam com emoção o mundo ser solucionado, Sara precisava sair mais cedo para buscar sua filha na creche e retornar aos seus problemas do dia a dia. Guerra de tráfico e milícia rolando quase toda noite, não podia se dar ao luxo de chegar com a filha tão tarde em casa, lá no morro. Quando o sol já se punha, ela saiu, sem deixar de provocar alguns olhares de reprovação de alguns militantes moradores do Leblon, Ipanema e Botafogo, que não entendiam como alguém, em sã consciência, não poderia dar prioridade total ao partido pelo menos por um dia.

No caminho para a creche, uma rua deserta. Na rua deserta, um homem-não-solucionado. Esqueceram de avisar a ele que já arrumaram as soluções para o mundo, que ele já não existia ou, se existia, deveria juntar-se ao partido para que integrasse definitivamente o grupo dos bons. Ninguém o avisou, nem lhe falou de políticas tão profundas, talvez por isso ele fez o que fez, porque todo mal do mundo vem de não conhecerem a minha ideologia, obviamente. Ela também não conseguiria lhe falar com todo aquele sangue saindo da boca enquanto era esmurrada. A dor percorria todo o corpo torturado, quando ela deixou de sentir o peso do homem-ainda-não--solucionado a pressionar sua bacia no chão poeirento e quente, e o viu desaparecer nas sombras.

O primeiro a passar por ali, em seu carro, e ver o corpo desacordado, sujo, seminu e em posição fetal, foi um conhecido líder religioso, o apóstolo Herodes, fundador da nova velha religião Labaredas do Amor Divino. Já era grande em várias cidades o número de fiéis labaredistas. Herodes estava indo ao seu Grande Culto de Cura, evento labaredista que atraía milhares de almas todo ano. Já estava atrasado. Num primeiro impulso, parou para ajudar e abriu de leve a porta do carro. É óbvio que, na cabeça do religioso, vieram considerações divinas sobre amor e sobre amparar os violentados desta terra, assim como algumas outras considerações mais humanas, como o fato de que o sangue ia sujar o carro e a sua roupa cara. Como explicar aos fiéis uma mulher daquele tipo pelada em seu carro ou o terno sujo de sangue?

Resolveu pedir, sem palavras, a iluminação divina sobre como agir em tal momento. E ela veio! Na camisa meio rasgada de Sara, ele reconheceu o símbolo do PDO, que era oposição ao partido que ele apoiava, o PMF, Partido da Moral e da Família. Inclusive, este era o partido dos políticos e empresários homens de Deus que davam as maiores ofertas nos templos labaredistas — as más línguas, que não compreendiam os desígnios divinos, falavam em lavagem de dinheiro. Pois bem, logo viu que ela fazia parte daquele outro partido que queria perverter as mentes do país, que era contra Deus, que apoiava todo tipo de indecência e imoralidade! Fechou a porta do carro. Com certeza, aquela ímpia jogada no chão devia ser uma dessas pervertidas contra a família, uma dessas feministas, uma dessas imorais que andava fazendo sexo com todos, uma maconheira ou mesmo uma lésbica... e ainda tinha aqueles seios, aquela bunda... e ainda tinha aquelas tatuagens íntimas, coisa de gente da cabeça virada! Era uma dessas "cracudas", com certeza... devia ter se drogado o dia inteiro, devia ter ficado se prostituindo por droga e ficado daquele jeito.

De um partido como o PDO, só abominações assim podiam vir. Lutar contra o PDO era lutar a favor da família e da vida. Quem sabe Deus não havia deixado que ela chegasse a esse estado para que tomasse consciência da sua sujeira, da sua vida torpe e dos seus pecados abomináveis? Misteriosos são os caminhos divinos. Herodes que não ia deixar a obra do Senhor do Bem por causa de gente que havia escolhido estar com o Senhor do Mal — pois que sofresse as consequências! Assim, após antecipar o Juízo Final, que coincidentemente também ocorria na religião labaredista, o grande homem de Deus arrancou com o carro. Não era sua função colocar em seu carro todas as "cracudas" que aparecessem jogadas nas ruas do Rio. No culto daquela noite, mais de cem pessoas se converteram, e assim o grande líder soube que tomou a decisão certa. Inclusive citara, em seu comovente pronunciamento aos fiéis, misteriosas pedras de tropeço, infames tentações que o Senhor do Mal colocara no seu caminho para que o desviassem da grande obra daquela noite e do Amor Divino. Mas ele resistira à tentação, e assim o Bem vencera.

O segundo que passou era justamente um dos membros do PDO, Ricardo Povão, que tentou se eleger vereador do Rio algumas vezes, sem muito sucesso, embora fosse um dos mais dedicados do partido. Não acreditava em pauta alguma do PDO, mas foi ali o único lugar onde teve oportunidade de entrar na política, por ser amigo do amigo de alguém. Achava que feminismo é falta de macho, que esse negócio de racismo é vitimismo, que viado é nojento e que favelado é sujo, mas precisava do voto deles todos e, por isso, defendia em seus discursos os direitos das vítimas do machismo, do racismo, da homofobia e da violência policial nas favelas do Rio. Nos discursos mais acalorados, xingava todos os machistas, racistas, homofóbicos e opressores em geral da sociedade brasileira. Então, de cima do palanque, ouvia os aplausos de todas aquelas pessoas que se via obrigado a abraçar nas campanhas políticas, disfarçando habilmente o seu desprezo por elas.

Num primeiro instante, Ricardo chocou-se com a cena que encontrou: um corpo de mulher largado nu e sujo no meio da rua. Saiu do carro para ver se estava viva, foi quando viu o rosto desacordado de Sara. Aquela pretinha abusada, toda vez que tinha evento do partido, nunca aceitou um pedido para um encontro, nem dava bola para ele. Sabia que tinha alguma coisa errada. Bem-feito, toda cheia de si, como a maioria dessas pretas da favela, agora tinha sido largada ali como uma puta qualquer, devia estar drogada. Era a confirmação do que sempre pensara, essas faveladas eram foda, tudo marmita de bandido. E ainda ficava dando uma de difícil e cheia de moral. Deixara de dar para ele, para ficar dando na rua como uma puta qualquer. "Preta moralistazinha de merda! É como toda moralista, sempre esconde algum podre. É puta de rua, por isso sempre sai cedo da reunião do partido! E pior que a safada é gostosa", pensou.

Ricardo não hesitou em tirar umas fotos com o celular para mostrar aos amigos mais íntimos do partido o "rabo grande daquela abusada", e tirou umas fotos da cara dela também para o pessoal ver que era a safada mesmo. Notou um pouco de sangue, uns ferimentos um pouco grandes, "mas ela deve ter se arranhado ou se ferido durante a putaria com alguém, ou brigado com os outros cracudos, antes de deitar ali doidona e dormir". Depois de tirar as fotos que precisava, aquele grande defensor dos oprimidos e do povo das favelas entrou no carro e já enviou as fotos para aqueles amigos, também políticos, que, fazia tempo, estavam de olho em militantezinhas deslumbradas com o partido, presas fáceis. Um deles, horas depois, quando se encontraram, chegou a questionar se era certo isso, mas Ricardo logo o calou falando que era ridículo o seu "moralismo burguês judaico-cristão", riu da ingenuidade do amigo, que achava que mulher da favela era dama. "Ela é da favela, e é assim que faveladas são mesmo", afirmava Ricardo.

O terceiro que passou foi um atarefado homem de negócios no seu carro. Era um homem exemplar, certinho perante qualquer divindade que existisse, mas sem o fanatismo, algo que desprezava. O fanatismo religioso era péssimo para os negócios, já que, como empresário, atendia pessoas de todas as religiões e o dinheiro delas era sempre bem-vindo e sagrado. Andava sempre ocupado com os negócios e, naquela hora, passou tão rápido com seu carro que não viu Sara na calçada. Eu seria obrigado a dizer que esse é mais bondoso que os outros dois só porque ele não viu Sara e que, se visse, talvez tivesse ajudado, mas acontece que ele nunca vê nada, não vê os mendigos, os drogados, os pobres, os destruídos, os aniquilados pelo mundo, desvia sempre do caminho disso tudo. Sempre passa rápido, e tudo que há na cidade lhe é apenas empecilho no caminho da empresa para casa, e de casa até a empresa, e da empresa a outra empresa. É, enfim, um homem honrado e ocupado com as coisas mais importantes do mundo: seus negócios e sua perfeição moral. Pois, quanto menos se vê e se vive, menores são as chances de se perder dinheiro em comoções fúteis e maiores são as chances de não se perder a corretude moral em uma eventual má escolha. Passou tão rápido que nem sei o nome dele.

Após o carro passar, rápido como o vento, passou lentamente, a pé, um rapaz cansado, vindo do trabalho, chamado Jorge. Parou e ajudou a jovem sem pensar, antes do tempo em que eu pudesse descrevê-lo ou fizesse considerações positivas ou negativas sobre a sua religião ou sua ideologia política. Levou-a nos seus braços, gritando até que alguém ouvisse. O ouviram quando já a tinha carregado por quase duzentos metros até o final da rua. Chamaram a ambulância, e a levaram. Ela, desacordada, não viu Jorge, e Jorge não mais a viu. Como ela foi levada para o hospital público e, depois, para a delegacia, a polícia nunca localizou Jorge e nem eu sei mais sobre ele, tão rapidamente se tornou mais uma daquelas cabeças negras anônimas de trabalhadores que se aglomeram no trem lotado de volta para casa.

Sara, inconsciente, não tinha visto nenhum dos que lá passaram. Acordou já no hospital, com a visão embaçada por lágrimas. Deu o relato na delegacia, constrangida, recebeu a solidariedade da filha, que não entendia como mamãe havia se machucado, e da mãe, que não entendia como sua filha iria sarar. Ninguém do partido a visitou, nem sentiram sua falta. Havia muitas outras cabeças que podiam substituir a dela nos vídeos para a campanha, naquelas gloriosas imagens de toda eleição, em que líderes do partido discursam às milhares de cabeças anônimas que compõem a massa. Tampouco alguém do partido rival a visitaria. Nem sabiam que ela existia. Na verdade, desconfiavam, mas desejavam que gente como ela não existisse. Nada existe fora das narrativas dos partidos.

Só entraram em contato quando o estuprador foi finalmente preso, depois de seis longos meses em que a alma de Sara se petrificou e seus olhos anuviaram. É que encontraram nas redes sociais do estuprador algumas postagens de apoio ao PMF. Então o PDO jogou na mídia a história do estupro de Sara, jovem negra da favela, estuprada por um defensor do partido inimigo. Sara deixou de ser uma pessoa e se tornou o símbolo da mulher negra violentada pelo sistema e pela sociedade machista. Conclusão, destruíram todo o trabalho da psicóloga, que começava a fazer algum efeito, e transformaram Sara num slogan vivo que propunha "agir contra toda forma de estupro sofrido pelos que são oprimidos". Levaram Sara para o palanque sem pensar duas vezes. Convenceram a jovem, com sua mente em ruínas, de que ela deveria usar o mal sofrido para um bem maior, fizeram dela uma arma contra seus inimigos políticos. Vários vídeos de Sara falando do estupro e de como o PMF era culpado dele rolavam na internet.

A jovem canalizou todo seu ódio do estuprador para os que oprimiam e falsificavam o espírito humano, viu no abuso que sofrera uma alegoria de todo abuso que a humanidade sofre sob o Sistema, mas sua alma tornou-se apenas um discurso heroico que pairava sobre o silêncio das suas próprias ruínas. O PMF, por sua vez, passou a desqualificar Sara, duvidando da agressão e expondo o estupro como mentira inventada para difamar o partido. Vasculharam a vida de Sara para provar que ela não era pessoa confiável. Acharam muito pouco, além da correria da vida; mas foi bem útil durante algumas semanas a história de um ex dela de cinco anos atrás que havia entrado para o tráfico duas semanas antes. Uma marmita de traficante queria macular a honra dos homens virtuosos do PMF. Até foi divulgada nas redes uma história de que Sara era mulher de traficante e que, na época do suposto estupro, na verdade, trabalhava como prostituta no centro do Rio. Mesmo que o hipotético estupro fosse verdade, se ela estivesse na igreja naquele horário, não teria acontecido — assim sentenciaram os mais religiosos do partido, em sua maioria, labaredistas.

Nunca houve bandeira política mais eloquente que o sangue de Sara, que dava de beber aos dois lados opostos, e a sede dos dois nunca se saciava. O seu corpo negro, exausto, definhava, seus olhos apareciam sempre avermelhados e arregalados, numa revolta que nunca passava e a consumia, expressa pela sua voz nos comícios, que se tornou sempre áspera, alta, irregular, e se assemelhava em vários momentos do discurso a gritos de dor. Imagem perfeita de revolta popular para as propagandas partidárias das próximas eleições, como disse ao pessoal o Ricardo Povão, que obviamente pediu segredo aos amigos sobre as fotos, que renderam muitas piadas e diversão na época. Quem nunca se engana na vida? Ele e mais dois deles, o Valdir da Massa e o Toninho do Morro, sempre apareciam perto de Sara nos vídeos para que os eleitores os relacionassem com a luta contra a violência absurda do sistema. Agora o cargo de vereador vinha e até já se podia pensar em um futuro cargo de deputado! As mesmas imagens de Sara eram usadas pelo outro partido para provar como ela era descontrolada, instável e bestial. Como confiar no testemunho de uma desequilibrada? Quando as eleições já estavam próximas, a violência se acirrou, os militantes do PMF hostilizavam Sara abertamente e os militantes do PDO a usavam sem pudor.

Em um dos últimos atos do PDO antes das eleições, Sara protestava em praça pública com as tantas pessoas que abraçaram sua causa, tamanha a comoção que trazia. Protestavam de forma radical, afinal, a opressão é problema que exige soluções radicais. Naquele início de noite, realmente os ânimos estavam exaltados, quem viu ali a força do seu movimento, certamente previu uma revolução. Esperavam apenas o sinal de Sara, que esperava apenas que passasse em frente alguém que representasse o opressor, para que o fizesse passar humilhação e pagar por todos os estupros, abusos e opressões que foram cometidos até hoje.

O santíssimo apóstolo Herodes passou em frente, inclusive estava saindo como candidato do PMF para a prefeitura, mas os manifestantes não o viram, porque ele estava num carrão de vidro fumê fechado, e ninguém desrespeita alguém que tem um carro daqueles! Passou, também de carro, rápido como sempre, aquele homem de negócios, e não foi perturbado. O companheiro de partido, Ricardo, estava atrás dela, gritando "Abaixo a opressão!", com a consciência limpa de que, independentemente do que tivesse feito ou não, a luta pública contra a opressão o redimia de todos os pecados. Amém.

Mas passava em frente, lentamente, aquele Jorge com olhos tristes. Fora um dia difícil. Como naquele dia em que a encontrara ferida, vinha do trabalho onde sentia dia a dia o peso da humilhação. Só aguentava ainda por causa do salário minúsculo, que ainda era melhor do que nada. Foi passar ali justamente na hora mais simbólica do protesto, quando Sara gritou que todos aqueles que eram a favor dos violentados pelo Sistema se deitassem no chão e se colocassem em posição fetal para simbolizar os milhares de destruídos pelas atrocidades da sociedade.

— E do PMF! — Ricardo logo gritou.

Jorge, distraído do cansaço, não ouviu. Estava tão triste e cansado naquele dia... seus passos eram tão pesados e lentos, como se tentassem descanso a cada vez que iam ao chão, inutilmente. E só ele permaneceu de pé na praça inteira, causando imensa revolta naqueles performáticos defensores dos trabalhadores. Andava tão lento e distraído que, quando o cercaram, não tinha nem forças nas pernas para correr, nem força mental para sequer pensar em correr, e nada restou senão resignar-se. Enquanto era agredido, empurrado e xingado aos gritos de "Opressor!", viu levantar-se acima daqueles manifestantes uma jovem que gritava:

— Vocês que nos oprimem! Escutem! Saibam que não vai ficar assim! Isso aqui é só uma amostra do que vai acontecer a vocês quando revolucionarmos tudo! Tudo! Eis um de vocês, opressores. Veja o que damos a vocês! — E de lá cuspiu no rosto de Jorge.

Então vários dos partidários gritaram:

— Vai, desgraçado, e conte aos outros de vocês da elite a nossa força!

Exausto e ferido de corpo e mente, Jorge desabou com as pernas fracas, feridas.

Quando a polícia interferiu com a costumeira brutalidade, os destemidos combatentes contra o Sistema saíram correndo, dispersando-se, e Jorge pôde ver ainda quem cuspira em seu rosto. Foi quando Sara, a única que ficou, virou-se e enfrentou os policiais de frente.

— Opressores! Estupradores! — gritou com voz aguda de dor profunda.

Jorge, jogado no chão sujo da cidade, a olhou. Cansado, entristecido. E a reconheceu.

AGONIA

I

A menina acabara de chegar do enterro com a mente empoçada de tristeza. Coração suspenso no nada. A vontade era de sumir, fugir para onde ninguém a achasse, nem ela mesma. No espelho a sua frente, Emanuele via a semelhança que todos diziam que ela tinha com a sua mãe Carolina, recém-falecida. Os mesmos olhos escuros levemente puxados, a mesma pele escura, os mesmos cabelos crespos curtos. No entanto, via agora os seus próprios olhos espantados e se lembrava do olhar de ódio da mãe, o último que ela lhe dera.

*

Três meses antes, ninguém imaginaria que a filha e a neta do saudoso pastor Samuel passariam o que viveram nesse tempo, nem que Carolina morreria daquele jeito. O pastor morrera fazia quatro anos. Emanuele, agora com onze anos, lembrava com carinho da figura dele. Era um tanto tradicional, como o exigia a doutrina da sua igreja, homem de convicções firmes, o que nunca o impedira de ser pai e avô amoroso, além de vizinho benquisto por todos. Tinha grande paixão pela literatura, dizia que, se Deus não o tivesse chamado para ser pastor, o que tomava todo o seu tempo, seria professor de Literatura.

Ele sempre estava lendo a Palavra e algum livro da sua imensa coleção de clássicos. Dizia que os seus preferidos eram o *Tartufo*, uma comédia de Molière, e as *Histórias sem Data*, livro de contos de Machado de Assis. Quando alguém o questionava se as histórias de todos aqueles livros eram segundo a Palavra de Deus, ele sempre recitava o "examinai tudo e retende o bem" do Apostolo Paulo, ou então, bem-humorado, dizia que, se a sabedoria vem de Deus, seja onde ela se encontrar, continua vinda de Deus.

A esposa do pastor, a espirituosa Dona Clarisse, não costumava ler tanto, a não ser a Bíblia, mas gostava de ficar no portão conversando com as vizinhas, contando e sabendo de histórias tão variadas e reveladoras do espírito humano quanto os livros de Samuel. Carolina foi criada na paz dessa fé firme, tranquila e sem neuras, em meio aos livros do mundo e a pessoas de várias religiões. Sua fé não foi abalada nem com a morte de sua mãe num infarto, nem com o abandono do pai de Emanuele, que sumira pelo mundo um ano após a menina nascer. A Sabedoria Divina não as abandonou. Um dia, o velho Samuel também se foi, como a sua amada, num enfarto fulminante, mas durante o culto na igreja. Se foi deste mundo no lugar que mais amava, quando era cantado pela congregação o seu cântico preferido do Hinário.

Mais perto quero estar, meu Deus, de ti,
Inda que seja a dor que me una a ti!

Ficaram sozinhas, mãe e filha, sob o legado da fé do velho pastor e da sua antiga igreja, rodeadas do respeito de todos que no bairro lembravam com carinho dos pais de Carolina.

Toda essa paz tinha acabado havia três meses, quando aquela

Carolina, sempre alegre e ativa, recebera a notícia de um tumor maligno no cérebro em estado já muito avançado para se fazer alguma coisa. O diagnóstico daquelas dores insistentes na cabeça, que a atrapalhavam por anos, chegara tarde.

Emanuele se lembrava do dia em que a mãe recebera a notícia do médico.

Carolina chegou arrasada em casa, sem palavras, e olhava a sua menina insistentemente, com o olhar impotente diante da vida. Que seria da sua menina quando se fosse? Foi aquela a primeira vez em que Emanuele viu a impotência no rosto da mãe. Só restou à Carolina, pensando na filha, mais do que em si mesma, se agarrar à sua fé. Na igreja que seu pai pastoreara durante anos, logo no domingo seguinte, contou que fora desenganada pela medicina, e o novo pastor, assim como a igreja inteira, orou pela sua cura.

Não foi curada. Alguns irmãos criticaram a própria igreja: tão tradicional e tão agarrada à sua doutrina, não teria o poder de outras igrejas que aparecem na televisão, em que se via aos montes pessoas sendo curadas de tudo quanto era doença. O legado da fé do pastor Samuel era importante, mas por que aquela igreja não tinha o poder de Deus para curar como as outras igrejas da televisão, cada vez mais cheias, enquanto aquela, já desde os últimos anos do pastor Samuel, só perdia membros para elas? Por mais um domingo, oraram, impuseram as mãos sobre Carolina e clamaram comovidos ao Deus de seus pais, mas novamente a cura não veio.

Durante os dias seguintes, a pequena Emanuele percebeu que sua mãe estava cada vez mais calada e com o olhar ambíguo, como se planejasse algo. Ficava o dia todo passando na televisão pelos programas de igrejas que falavam de curas e milagres. Com certa pressa, com certa angústia. Anotava o nome das igrejas, procurava os seus endereços. Num domingo, já não foram na igreja que congregavam, mas na primeira igreja da lista. Assim, Carolina rastejou por mil igrejas, de todos os tipos, suplicando a cura. Maior era o fervor quanto mais perto se aproximava a morte. Era sempre o mesmo roteiro: o pastor, missionário ou apóstolo orava, gritava, fazia rituais, jogava óleo consagrado, mandava embora toda doença em nome de Jesus, zombava dos médicos, dizia que Satanás estava derrotado e que Carolina podia ir em paz. Mas a cura nunca chegava.

 Emanuele acompanhava a ida de sua mãe a cada uma dessas igrejas, as duas acreditando de toda a sua alma, crendo com todas as suas forças. Mas era sempre o mesmo. Após o espetáculo de domingo, com demonstração de poder espiritual, que trazia almas para Jesus e as ofertas dos corpos dessas almas, Carolina e Emanuele tinham a notícia, durante a semana, de que nada adiantara. A alma da mulher ia agonizando e a da menina se anuviava de um modo como ela nunca sentira. Restava apenas um homem de Deus conhecido a impor as mãos e trazer a cura a Carolina, o Apóstolo Leosvaldo, cujo programa televisivo mostrava de dez a vinte curas milagrosas por dia, de cânceres a hérnias, de dores simples de cabeça até infecções graves.

 Pastor Samuel sempre dissera que Leosvaldo era um farsante, um mercador da fé, chegara até a chamá-lo de Anticristo! O apóstolo, que conhecia Samuel dos tempos de seminário e soubera de alguns dos seus dizeres, dizia que Samuel era um pastorzinho preso à Letra Morta, que sua congregação era uma igreja fria, que não tinha o mover do Espírito. Sem mais opções, Carolina acabou por recorrer a Leosvaldo. Ela agora aceitava tudo, qualquer coisa para não deixar Emanuele sozinha no mundo. Leosvaldo parou todas as suas obrigações quando soube que a filha do falecido Samuel o procurava. Seus olhos não disfarçavam a vitória, iria provar sobre a própria descendência de

Samuel que a fé do outro era morta e que a dele era vivíssima. Era a fé dele que salvaria a vida da filha do outro, e nessa confirmação ele refletia sobre como são misteriosos os caminhos divinos.

As amigas de Carolina, todas da sua antiga igreja, principalmente a irmã Janete, sua vizinha e amiga de infância, alertavam que Apóstolo Leosvaldo era um picareta que se aproveitava do desespero das pessoas. Mas Carolina, decidida a seguir qualquer um que lhe desse solução para a sua doença e para a vida da sua filha, se afastou de todas elas. De que adiantara a ela a doutrina bíblica e a cultura de seu pai, a medicina, a crença das amigas ou a crença que ela própria tivera até então? O Apóstolo trazia um evangelho que movia montanhas e tumores. E Carolina repetia para a filha, como se justificasse a si mesma uma suposta traição aos ensinamentos do pai, que foi Deus que a levou a Leosvaldo por meio das provações, e que não se questiona os caminhos divinos.

II

Quando a mãe e a menina conseguiram falar com ele, primeiro o Apóstolo acusou a falta de fé de Carolina, mulher de fé tão fajuta que nunca movera montanha alguma. Emanuele achou absurdo, nunca conhecera alguém que cresse mais do que a sua mãe. Mas quem era ela para contrariar o que Deus mandara o seu servo dizer? Carolina passou, então, dias e noites em orações angustiadas, em jejuns constantes. Tão ocupada com as coisas espirituais que até mesmo esquecia de Emanuele. Em alguns momentos, irritava-se quando a menina vinha lhe falar no meio de alguma oração. Percebendo que se exaltara com a filha, explicava para Emanuele que era para o seu bem, para o seu futuro.

Porém, a menina se assustava a cada oração daquelas ensinadas pelo Apóstolo, em que sua mãe exigia de Deus, aos gritos, a sua cura e a destruição de todos os inimigos ocultos que a fizeram adoecer. Com medo, Emanuele percebia que os olhos que se fechavam para orar, abriam-se depois, cada vez mais enraivecidos e deslocados. As músicas gospel, que faziam parte da rotina das duas, nos momentos de leve descontração e alegre louvor a Cristo, Carolina agora as repetia infinitamente, às vezes vinte a trinta vezes a mesma música em sequência, transformando-se, para Emanuele, na trilha sonora de um pesadelo.

Mas a cura nunca vinha e o tempo se esgotava. Apóstolo Leosvaldo, então, recebeu novamente Carolina desesperada e a sua filha. O homem de Deus estava não como quem fracassou, mas com um olhar triunfante de quem tem a solução para todas as coisas. Empostou a voz e disse:

— Irmã! Agora é partir para o tudo ou nada! Tua vida é tudo para você? Viver para ver tua filhinha crescer é tudo para você? Então, se você quer que Deus te dê tudo, dê tudo para Deus também. O que é mais importante para você? — E colocava a mão no ombro de Emanuele. — Vou repetir, Carolina, o que é mais importante para você: ter o privilégio de viver para ver crescer essa linda menininha que Deus te deu ou os bens materiais, as riquezas desta vida? Se você morrer, o que você leva? Agora é tudo ou nada! Deus tá te dizendo: chega dessa fé de blábláblá, eu quero ver é ação, quero ver no sacrifício o tamanho da tua fé. O que você está disposta a renunciar?

Naquele dia, Emanuele viu a mãe dar como oferta para a igreja de Apóstolo Leosvaldo todo o dinheiro que ela guardava na poupança para o futuro da filha. Quando chegaram em casa, Carolina agora andava de um lado a outro com olhar arregalado e inquieto, tremendo como nunca vira antes e repetindo de forma frenética:

— Tudo é tudo, e eu te entrego tudo, Senhor!

Depois de alguns dias, Carolina também decidiu passar a casa que tinha, a única coisa que ainda lhe restava, para a igreja do Apóstolo. Disse à filha que não era para homem algum, era para Jesus, de quem o apóstolo era representante. Emanuele tinha antes em sua mente aquela imagem meio difusa de Jesus, do qual não conseguia distinguir bem um rosto, apenas um sorriso compreensivo e um olhar de misericórdia. Mas, depois dos últimos acontecimentos e falas da mãe, viu essa imagem do seu Jesus tornando-se num rosto com a pele macilenta como podre, sorriso de dentes afiados e olhar terrível como de uma ave de rapina, exatamente como era o rosto do Apóstolo. Tinha nojo.

Na outra vez que a mãe foi consultar aquele homem, Emanuele sequer conseguia olhar para a cara dele, centrava os seus olhos na luxuosa Bíblia de Leosvaldo, aberta no Livro de Josué, enquanto o ouvia dizendo à sua mãe que a fonte daquela doença, como de toda outra, era Satanás e seu mal: o mal podia estar dentro e ao redor da casa, podia estar em algum objeto enfeitiçado, em alguma pessoa, em qualquer lugar a qualquer hora.

— Não há cura sem purificação! Destrua todo o mal da tua vida, irmã! Devem estar fazendo macumbaria para você. Presta atenção na guerra espiritual! Guerra é guerra, ou mata ou morre!

Carolina, em paranoia, passou a caçar tudo que o diabo pudesse estar usando em sua casa para destruir a sua vida. Foi quando se fixou na coleção de livros que herdara do pai. Ia vendo a contracapa de cada um. Se tinha qualquer referência ao diabo e ao mal, rasgava e queimava. Às vezes, bastava uma palavra. O primeiro foi logo o

Histórias sem Data, porque o primeiro conto se chama "A Igreja do Diabo". Depois vieram vários. *Fausto,* vendeu a alma para o diabo igual esses artistas que enriquecem. *Divina Comédia,* tinha coisa de católico e essa gente que adora ídolos é do diabo. *Ilíada, Odisseia, Eneida* e *Os Lusíadas,* tinham deuses, e só há um Deus, todos os outros são demônios que servem ao diabo. *Dom Quixote,* enlouqueceu, e Deus é a sabedoria, então a loucura é do diabo. *Memórias Póstumas de Brás Cubas,* escreveu depois de morto, ou seja, espiritismo, e espiritismo é do diabo. *Madame Bovary, Anna Karenina* e *O Primo Basílio,* adultérios, e adultério é coisa do diabo. *Tartufo,* zomba de um homem de Deus, coisa diabólica. *Romeu e Julieta,* suicídio é pecado e, portanto, coisa do diabo. *Sentimento do Mundo,* temos que sentir as coisas do Céu, e não as deste mundo entregue ao pecado e ao diabo. *As Flores do Mal,* são do Mal...

E assim, purificou a casa, que em breve não seria mais sua, queimando em uma enorme fogueira santa no quintal inúmeros clássicos da literatura que pertenceram a pastor Samuel, objetos suspeitos e até brinquedos de Emanuele que podiam fazer referência a coisas que não eram de Deus: fadas, monstros, super-heróis, qualquer coisa que parecesse ter mensagem satânica oculta. Todas as roupas pretas e vermelhas de Emanuele também foram consumidas pelas chamas, porque Carolina ouvira do Apóstolo que preto e vermelho eram as cores de um demônio chamado Exu.

Emanuele, vendo engolidos pelas chamas os livros do falecido avô, lembrança bonita que tinha dele lendo, assim como seus próprios brinquedos e roupas, percebeu finalmente que as coisas saíram do controle. Mas era responsabilidade demais para uma menina de onze anos. Vendo a mãe em silêncio aterrorizante lançando coisas ao fogo e com aqueles olhos arregalados e avermelhados, amaldiçoava mentalmente Apóstolo Leosvaldo, com uma certa culpa, porque lhe ensinaram na igreja desde pequena que ninguém pode ir contra um homem de Deus. Apesar disso, a raiva por amor à mãe era maior que toda culpa, e vô Samuel também era pastor, porém Deus nunca falara a ele para mandar alguém fazer aquelas coisas!

Não teve tempo de impedir a mãe de fazer loucura maior. Carolina, de súbito, transtornada, abriu a porta e saiu pela rua para destruir todo mal e obra maligna que a estavam matando. Nenhum dos vizinhos jamais a vira assim. A simpática Carolina, que a rua toda conhecia como serva de Deus, mulher trabalhadora, que nunca tratara mal a ninguém, quebrou um silêncio assustador e saiu gritando pela rua, com os olhos esbugalhados, em direção ao terreiro que ficava no final.

Emanuele corria desesperada tentando alcançá-la.

Era dia de festa no terreiro. Algumas pessoas já estavam ali quando a mãe de Emanuele chegou na entrada. Cumprimentaram a vizinha Carolina, com quem sempre tiveram respeito mútuo, sem perceberem que algo mudara. Só perceberam quando Carolina começou a pegar pedras e as atirar no muro do terreiro e em todas as pessoas de branco que via passar:

— Vocês não vão me matar! Seus macumbeiros desgraçados, eu sei que foram vocês! Eu sei que fizeram pacto com o demônio para me matar! Deus usou seu servo para me revelar! Mas eu não vou morrer, em nome de Jesus! O meu Deus vai destruir vocês e suas obras de feitiçaria! Vocês que vão morrer tudinho! Desgraçados! A vitória é minha, em nome de Jesus! Em nome de Jesus!

Emanuele, em desespero, tentava segurar a mãe fora de si. Carolina, desfigurada, já outra pessoa que a filha, nem alguém, jamais conhecera, pegou então uma pedra enorme. Vendo que acertaria em uma idosa que tentava entrar no terreiro, Emanuele impediu segurando o braço de sua mãe, com uma força que nem a menina sabia que tinha. Num segundo, Carolina se voltou contra a filha, desferiu a ela o olhar de ódio que Emanuele nunca esqueceria e gritou enquanto a sacudia:

— Então eu estava com o Diabo na minha própria casa? Você tá do lado dos servos de satanás? Você, que eu criei nos caminhos do Senhor, que fez isso pra me matar? Você! Você!

Quando Carolina, suada, agoniada, parou de sacudir a filha, subitamente revirou os olhos e caiu no meio da rua, desacordada. As próprias pessoas do terreiro a socorreram. Emanuele, sentada no chão, chorava soluçando alto, inconsolável.

III

Irmã Janete, aquela vizinha e amiga de infância da qual Carolina se afastara, e que acompanhara assustada tudo o que acontecera, acolheu a menina e deixou que ficasse em sua casa até terem notícias. De madrugada, Emanuele soube que sua mãe falecera no hospital. Quando irmã Janete quis orar com ela, Emanuele se afastou bruscamente. A vizinha, que acompanhara parte do que acontecera naqueles meses e detestava o Apóstolo Leosvaldo e seus programas de TV, compreendeu e deixou a menina a sós. Não sabia o que dizer, só lhe restou orar sozinha por Emanuele. Depois do enterro, Janete a trouxe novamente para a sua casa. Comovida, já não tinha coragem de falar qualquer coisa que envolvesse a religião com a garota, em quem via a perfeita imagem da sua amiga quando criança.

Apesar do olhar de ódio da mãe não sair de sua mente destruída, Emanuele tentava trazer à memória o olhar que sorria. Era por ele que Carolina sempre fora conhecida, fora com ele que Carolina sempre a olhara. Tentava lembrar da mãe afetuosa, que lia salmos e cantava hinos abraçada a ela ou falava fascinada de como vovô, homem de Deus, amava ler e conhecer coisas diferentes, de vários povos e culturas.

    Não conseguiu. Em casa estranha, diante do espelho, Emanuele via agora apenas o embaçado de suas lágrimas.

PELE SAGRADA

I — Prelúdio

Você lê meu corpo como um livro sagrado. Acha que não percebi ontem, depois do sexo, teus olhos brilhantes deslizando na escuridão da minha pele e se demorando por minhas cinco tatuagens? Mesmo teu olhar pela minha boca, pelos meus seios, pelo meu ventre, pelas minhas costas, pelas minhas coxas e pela minha bunda parecem mais de quem lê avidamente que de amante comum. E assim teus olhos ainda permanecem em mim, mesmo vestida. Ontem, com tuas mãos e teu sexo e teus lábios, você fez jus aos teus anos de experiência neste mundo, mas teu olhar nunca deixa de ser o de criança curiosa. Senta e presta bastante atenção, que vou te alfabetizar no idioma deste livro. Ontem tivemos intimidade pelo sexo, mas nem tudo aqui tem a ver com sexo. Há histórias muito antigas aqui, de templos e violências, de encontros e decepções, de fragilidade, força e majestade. Olhe para mim e aprenda.

II — Benedito

Essa frase aqui, no meu braço direito, foi da época em que saí da igreja. Era da igreja desde pequena, sempre exemplar, respeitava as regras e as doutrinas, mesmo quando não via sentido nelas. Era até bastante moralista, porque o discurso tão firme que dizia para convencer os outros era, na verdade, para convencer a mim mesma. Tudo mudou quando, aos dezessete anos, engravidei de um namorado. As pessoas da igreja passaram a me ver como uma pária, pessoas que até então me chamavam de irmã e gostavam de mim passaram a me ver como uma pecadora desprezível, que enganara a todos sob o véu da santidade. Fui apontada como exemplo do que não ser para as outras moças. Meu filho nem ainda se formara no meu ventre e já era conhecido como Fruto do Pecado.

Obviamente, deixei de ir à igreja, com vergonha; meus pais, que ainda frequentavam, eram ironizados. Quem já foi da igreja sabe do que estou falando. Mas eu lia a Bíblia ainda, como ainda leio, e quando ouvia dos outros que meu filho era Fruto de Pecado e eu chegava em casa triste e até com raiva daquilo que se formava no meu vente, minha mãe me fazia ler o cântico de Maria no Evangelho de Lucas, e dizia que o netinho dela seria uma benção. Meu pai ainda passou muito tempo chateado comigo. Quando eu já estava com nove meses, decidi voltar à igreja, precisava de consolo espiritual, e esse era o único que eu conhecia. Meus pais me levaram ao culto naquele dia, preparados para toda sorte de reprovação dos olhares. Quando cheguei com minha barriga enorme e me sentei em um dos bancos do meio, uns olhavam curiosos, outros se perguntando como que eu tinha coragem, outros ironizando meus tempos de crente exemplar. Todos eles me observando do alto da sua soberba santa.

Era época de eleição, e como acontece em um monte de igrejas nessa época, apareceu um desses candidatos que é "amigo do povo de Deus", e o pastor ficou lá puxando o saco do cara, falando o quanto ele apoiava os projetos do evangelho e mais um monte de baboseira, enquanto eu só olhava a cara do político, o Valdir da Massa, que já estava no segundo mandato como vereador. O cara é corrupto pra cacete, envolvido até o talo com lavagem de dinheiro e grupos de extermínio. Mas a pecadora ali era eu. Porque fodi. Minha mente oscilava entre a zombaria e a raiva, mas tudo isso deixou de importar quando, passando a mão sobre o meu ventre, enfim compreendi o que nele se formava. Então, finalmente percebi que o que nele se formava era maior que tudo aquilo. Era mais belo que todo templo e mais sincero que todo discurso religioso.

Quando Valdir da Massa, ao lado da sua família perfeita, terminou de falar o quanto era um homem de Deus, da família e dos bons costumes com a mesma boca com que até hoje comanda seus esquemas com dinheiro público e dá ordens de execução, o pastor começou a sua pregação. A minha presença naquela noite não passou despercebida. E depois de várias afirmações sobre crente só votar em quem apoia a igreja, ele começou a falar sobre a vida de pecados, sobre os castigos da vida de pecados, que há pecados ocultos e pecados que não tem como ocultar, assim como pecados que ficam no corpo de forma visível. Em diversas vezes, ele olhava para mim e as pessoas em volta ficavam satisfeitas de verem que naquela igreja não se perdera o senso da justiça divina.

Num momento, fechei os meus olhos, a minha humilhação eu aguentava, como aguentei por todos os meses da gestação, mas não tolerava a humilhação do meu filho. Já no ventre, olhado de maneira superior por aqueles idiotas. De olhos fechados, queria estar longe dali, mas veio à minha mente aquilo que, segundo a Bíblia, como está no Evangelho de Lucas, a jovem Maria cantou alegre quando se soube grávida do menino Jesus. Sim, a vinda do meu menino não era aquilo que aquele nojento estava falando do púlpito, a vinda do meu pretinho era minha alegria. Então, sem perceber que falava alto, comecei a dizer o que Maria cantou, versículo por versículo, absorta. Quando percebi o que fazia e os pedidos em volta por silêncio, levantei-me e continuei, versículo por versículo, bradando:

... Dissipou os soberbos no pensamento de seus corações.

E me voltando ao pastor, atônito, e a aquele verme político ao seu lado, gritei como nunca na minha vida, continuando o cântico:

Depôs dos tronos os poderosos e elevou os humildes.
Encheu de bens os famintos e despediu os ricos de mãos vazias.

São estes versos que você lê pequenininhos no meu braço direito. Eu os tatuei como monumento daquele dia em que eu e meu filho, antes mesmo dele nascer, pela primeira vez, nos libertamos. Fui embora daquele lugar e nunca mais retornei. Sei que para eles fui apenas uma maluca que estragou a sua noite de adoração e louvor: ovelha preta não faz falta no rebanho. Mas tenho orgulho de hoje não estar no mesmo lado que o deles: o dos soberbos, dos poderosos e dos ricos. Um tempo depois que meu pretinho nasceu, por toda beleza que meu pretinho significa pra mim, e para que ele saiba para sempre o que ele é para mim, aqui, sobre a cicatriz em linha da cesariana, tatuei esta frase que você vê:
BENDITO O FRUTO DO MEU VENTRE!
E dei a ele o nome de Benedito, que significa "Bendito". Ainda que o mundo amaldiçoe meu pretinho, ainda que seu pai esteja desde sempre ausente, ainda que ele passe pelas desgraças a que nós, pretos e da favela, estamos sujeitos a passar, ele será sempre o meu Benedito, meu menino e meu consolo nesta sociedade estranha.

III — As Três Estrelas

Já essas três estrelas pretas no meu braço esquerdo vêm da minha segunda libertação. Quando meu menino já tinha três anos, me sentia sozinha e conheci um cara chamado Teo, que disse compreender minha história, minha vida, e veio cheio de ares de Pai com meu filho. Pensando no garoto e gostando de Teo, cedi. Amava o Teo, tanto como homem como pelo que ele era com meu filho, fui tão devota a ele que até tatuei o seu nome, que essas três estrelas cobrem, pelo motivo que você já vai saber.

Com o tempo, Teo ficou mais arrogante em tudo o que me respondia. Várias vezes, quando discordávamos, ele concluía com aquela frase: "eu poderia ir embora, pegar qualquer uma por aí, mas estou aqui com você e com o garoto". Com o tempo, já era evidente, ele achava que fazia um favor ao gostar de mim. Seus olhos azuis podiam escolher a mulher que quisessem, mulheres consideradas mais bonitas que eu, e ele, tão bondoso, estava fazendo a caridade e o sacrifício de se relacionar com uma mulher com filho, sem corpo de garota novinha ou de jovem malhada. Um sacrifício de amor. Por esse sacrifício, eu deveria agradecer sendo uma companheira obediente. Eu percebia, aceitei porque era melhor aquele afeto que afeto nenhum, mas estava enganada: isso era menos que afeto nenhum, era desprezo e sentimento de superioridade.

Demorou para eu perceber que estava em mais uma prisão, mesmo com os xingamentos diários, as noites que ele passava fora e as proibições que ele vivia me fazendo. Só percebi quando ele, voltando mais uma vez bêbado para casa, me deu um tapa, e logo depois empurrou meu filho. Não tive dúvida, peguei uma faca. Lembrei de quem sou, homem nenhum cresce para cima de mim. Não precisei dar mais que alguns arranhões para expulsar aquele babaca, mas estava preparada para cravar aquela faca no seu coração se ele tocasse mais uma vez em mim ou no meu filho. Nessa noite, em que dormi abraçada ao meu filho, tive o sonho das três estrelas.

Foi nesse sonho que, pela última vez, Teo me ameaçou. Eu estava acorrentada a ele, e nós sentados sobre uma pedra. Ao longe, vi três luzes, como de estrelas, mas de proximidade incomum. Tinha curiosidade de andar até elas, algo nelas me atraía, mas como iria se estava acorrentada a aquele ridículo? Porém, num momento, percebi que a corrente já estava partida, apenas suas partes encostadas uma na outra, bastava só mexer o meu braço. E eu assim fiz. Quando ele viu eu me apartar e levantar da pedra, indignado, suas feições mudaram, e então o Teo gritou:

— Volta para o meu lado, desgraçada, senão vou dizer aos da direita que você é da esquerda e aos da esquerda que você é da direita!

Mas, àquela altura da vida, já não ligava para o que pensavam de mim ou pelo que me condenavam, e continuei andando às três estrelas.

— Não vai voltar? — ele continuou gritando. — Então vou te condenar a uma próxima encarnação dolorosíssima, você vai reencarnar aqui até fazer o que eu disse.

E continuei andando às três estrelas.

— Não tá com medo? — ele ficou lá insistindo. — Então já sei... vai ter reencarnação nenhuma! Não fazer o que eu disse é tão grave que, depois de morrer, você vai ficar num lugar queimando eternamente.

Aceitei qualquer consequência da minha escolha e continuei andando às três estrelas.

Vendo que não surtia efeito, ele ainda completou:

— E ainda vai ter um monte de espíritos do mal te espetando com tridentes, muita dor e sofrimento e... você não tem medo? Faça o que eu disse, agora!

Andando às três estrelas, sem me virar para ele, disse alto, já de saco cheio daquele falatório:

— Se você pretende me castigar, imbecil, faça isso logo, não tenho mais tempo para essas besteiras!

O babaca ficou lá gaguejando: "Eu vou... eu vou...". Ao longe, ainda ouvi seu suspiro depressivo: "... perdi minha última escrava..."

E já mais nada ouvi, porque eu me aproximava da presença daquelas que ao longe pareciam três estrelas luminosas. Me surpreendi quando vi que, na verdade, eram três damas divinas, e as três tinham o mesmo rosto e corpo que eu. A primeira tinha como manto o céu estrelado, que corria do alto da sua cabeça ao seu corpo inteiro, e ela tinha nos braços um menino igual em tudo ao meu pretinho. Na segunda, vestida apenas de alguns fios e lindos adereços de ouro, nunca me vi tão bela; tinha um espelho dourado nas mãos, e seu brilho reluzia sobre o menino. A terceira era radiante como o entardecer, tinha nas mãos uma espada de cobre, e os ventos moviam seu vestido vermelho e marrom. Elas nada diziam. E quando eu dizia algo, elas o diziam exatamente ao mesmo tempo. Enfim, percebi que as três divinas eram, na verdade, um triplo espelho à minha frente. Então acordei.

IV — Poema

Contei esse sonho a uma pessoa que um dia namorei e que já partiu, ela estava comigo quando fui tatuar as três estrelas aqui.

Ela, que gostava tanto de poesia, interpretou em versos o sonho das minhas três estrelas, e assim fez o poema que você vê tatuado aqui nas minhas costas. Antes que essa pessoa tão querida os escrevesse, esses versos já existiam, sem palavras, no meu coração. Mas, com palavras, derramados na minha pele, eles dizem assim:

> Em setenta manhãs escrevi
> Em setenta noites apaguei
> Os planos do que eu seria...
>
> Porque sempre ao meio-dia
> O que eu sou, encontrei.
>
> E em minha folha já tão marcada
> De tanta imposição apagada
> Estes versos derramei.

OS QUE SABEM O QUE É PADECER

I — O Paraíso

Só ele sabia quanta dor e humilhação havia antes daquela felicidade. Por isso não ouvia mais as críticas ou zombarias daqueles de fora da igreja que diziam que sua família era de fachada, que ele era para sempre o ex-viciado e sua esposa, a ex-prostituta, que crente era tudo alienado e ignorante. Quando Jonas vagava como um morto-vivo à procura de mais crack, fedendo pelas ruas do centro, assim como Kelly, que se prostituía por droga, em troca de até cinco reais, nenhum desses críticos e espertos sabedores da alma humana e do funcionamento social os ajudara. Antes, ele era invisível. Alguns até desejavam que ele morresse, porque já não tinha solução.

"Esse cara aí é preto ou é só sujeira mesmo? Mendigo nojento!", ouvira de um rapaz numa noite em que fora espancado por um grupo de jovens que vinham de uma balada. Não tinha como alguém degradado daquela maneira mudar, seria certamente futuro assaltante e assassino. "Já tinha a cara", como diziam alguns. Mas ninguém desejava que a Kelly morresse, porque onde encontrariam programa mais barato? Todos sabiam indicar o ponto quando perguntavam da rua onde ficava a "neguinha boqueteira" ou a "cracudinha dos cinco reais". Virara figura folclórica do centro do Rio e de vídeos amadores na internet dos que a filmavam quando ela, com olhos arregalados, vazios e avermelhados, praticava sexo oral em troca de mais droga e comida.

Enquanto irmão Jonas observava sua esposa, irmã Kelly, dando de comer ao filho de quase dois anos, na primeira casa em que moravam, lembrava-se do dia em que tudo tinha mudado. Havia um grupo da igreja pregando em praça pública, ironizado e zombado por alguns que passavam e não precisavam da mensagem, mas Jonas parou para escutar quando um dos pregadores leu um trecho da Bíblia que falava de Jesus antes mesmo que ele viesse ao mundo: *Era desprezado e o mais rejeitado entre os homens; homem de dores e que sabe o que é padecer; e, como um de quem os homens escondem o rosto, era desprezado, e dele não fizemos caso.* Se identificou. Desde então, notou que não era para os sãos, mas para os doentes, doloridos e desprezados aquela mensagem. Aceitou em seu coração aquele Deus que também sabia o que era sofrimento e que consolava os que sofriam. As pessoas da igreja que estavam ali, também de origem humilde, muitos também um dia saídos das ruas, não tinham nojo de pegar nas mãos de gente suja, desprezada e "sem futuro" como ele e orar a seu Jesus Cristo para salvá-los.

Após receber as orações e comer vorazmente a quentinha que lhe deram, perguntou a um dos irmãos como fazia para ele ser como eles. Precisava mudar de vida, conhecer o evangelho, andar como Cristo. Bastava que buscasse sinceramente o Reino de Deus e a sua Justiça e todas as outras necessidades lhe seriam supridas. Nunca encontrara chance como aquela, queria ir e levar consigo sua amiga Kelly, com quem conversava, dividiam droga e comida às vezes. Aliviavam a solidão um do outro nas ruas. Mas, justamente naquele dia, Kelly não estava. Alguém com fetiche por mendigas a levara para um motel. Então ele foi sozinho, mas sem esquecer dela, entristecido.

Primeiro, ele encontrou a salvação. Depois de alguns meses se recuperando e aprendendo a Palavra de Deus, lembrou-se mais uma vez dela e a chamou. Numa noite, em que ela estava ainda suja no chão da cidade, comendo um salgado que havia pouco fora trocado pelo seu corpo, Jonas apareceu. Mas onde estavam as palavras? Desaprenderam toda expressão de sentimento lidando todos os dias com a brutalidade dos que em público expressam belos sentimentos e ideias, mas, no oculto, toda noite os usavam e violentavam. Jonas, então, disse que a amava e que sempre a amara, na linguagem nova que aprendera, a única que agora tinha:

— O Senhor Deus me enviou até aqui como instrumento para a tua restauração. Jesus tem uma nova história para você.

O rosto de Kelly quase não tinha mais expressão, porém seus olhos se espantaram ao ver um homem que se aproximara dela sem ser para bater ou trazer alguma coisa para trocar por sexo. Não reconheceu Jonas de imediato, tão diferente estava o seu semblante, suas roupas, seu jeito de falar. Jonas, diante dela, não sabia mais o que dizer. Era desesperante para ele, agora que saíra do abismo, ver aquela mulher por quem tinha tanto carinho afundada nas profundezas tão fundo. E, por não encontrar palavra que traduzisse o que sentia por ela, Jonas disse o versículo bíblico que lera ainda naquela manhã e que fizera com que mais uma vez se lembrasse de Kelly. Com certeza, era o Espírito que falara com ele pela Palavra. Então, pegando nas mãos dela, cobertas da sujeira e do pó dos sapatos de todos, disse olhando nos olhos de Kelly o seguinte versículo:

— *De longe se me deixou ver o Senhor, dizendo: Com amor eterno eu te amei; por isso, com benignidade te atraí. Ainda te edificarei, e serás edificada, ó virgem de Israel!*

Homens que vinham fazer o de sempre com Kelly ouviram tudo e riam daquele cara ridículo, fanático religioso, falando daquele jeito com aquela coisa e atrapalhando sua diversão rápida daquela noite antes de voltarem para suas casas e suas famílias. O olhar de Kelly, que se acendia curioso e esperançoso, novamente se apagou. As gargalhadas dos que vinham a puxaram para a realidade. Olhou com olhos úmidos, sem forças para chorar, aos olhos firmes de Jonas. Mas ele não se atemorizou e não soltou a mão daquela a quem o Espírito de Deus lhe mandara naquela noite. Permaneceu fixo olhando nos olhos dela, que olhava com estranheza e fascinação a firmeza de Jonas. Então, ignorando as risadas do mundo à volta, ele a levantou, dizendo a ela aqueles versículos que sempre chorava ao ler e lembrar da sua salvação:

> — *Esperei confiantemente pelo Senhor;*
> *Ele se inclinou para mim e me ouviu quando clamei por socorro.*
> *Tirou-me de um poço de perdição, de um tremedal de lama;*
> *Colocou-me os pés sobre uma rocha*
> *E me firmou os passos.*

Sem soltar a mão dela, atravessaram por toda aquela rua, sob o olhar dos outros que ainda estavam afogados na lama e sob as risadas e palavras chulas dos que lucravam e obtinham prazer com a miséria daquelas pessoas. Os dois se sentiam como se atravessassem o Inferno, externo e interno. Quando chegaram em frente à igreja, Jonas lhe disse:

— Foi aqui, na casa de Deus, que eu encontrei a salvação. Fica aqui comigo, nunca mais vai precisar viver daquele jeito, Jesus vai te abençoar, ele vai dar tudo o que a gente precisa. Aqui tem comida para o corpo e para a alma...

Ali as irmãs da igreja a receberam, ela tomou o primeiro banho em semanas e fez a primeira refeição desde os dezesseis anos sem ter que dar nada em troca. Ganhou novas roupas e uma irmã, que cuidou dos seus cabelos, lhe fez um bonito coque. Pela primeira vez em anos, via as pessoas a olharem como uma pessoa e, aos poucos, percebia de forma mais atenta que Jonas a olhava diferente. Além de um verdadeiro homem de Deus, era bonito e a tratava tão bem. Ela o admirava principalmente pela firmeza, não só naquela noite em que a buscara, mas diariamente no seu trato com os que jaziam nas ruas, invisíveis de quase todos. Era o homem mais digno que conhecera, o mais forte. Até mais do que o pastor, pois o pastor sempre estivera ali, mas Kelly vira Jonas no mais fundo abismo com ela. Ele, além de conseguir sair com força incrível, ainda voltava para resgatar os outros. Ela, que cada vez amava conhecer sobre o Cristo daquele único lugar em que achara repouso e dignidade na vida, sentia paz inexplicável nos braços de Jonas. Lembrou que, mesmo quando estavam no abismo, o único momento em que ainda desconfiava ser uma pessoa era quando conversava com Jonas.

Enfrentaram juntos o período complicado de abstinência. Muita oração, disciplina e leitura da Palavra, até que suas almas conseguissem paz quase definitiva. Nesse tempo, namoraram, rapidamente se casaram diante de Deus e Kelly engravidou. Isso no curto período de um ano. Havia o medo de que a criança nascesse com alguma sequela, pelo histórico dos pais, nada saudável, mas a oração das senhoras da igreja fez efeito e a criança nasceu cheia de saúde e cercada de senhorinhas servas de Deus prontas para lhe segurarem carinhosamente no colo e cantar hinos para a criança dormir. Os pais a nomearam com o nome de Isaías, o profeta que previu o renascimento do povo de Deus depois de muito tempo de opressão. E a criança os renasceu definitivamente.

Jonas era hoje diácono da igreja e trabalhava como pedreiro, Kelly trabalhava com outras irmãs da igreja fazendo e vendendo salgados; com algum esforço, pagava um curso de técnica em enfermagem. Ganhavam o bastante para pagarem o aluguel da casa, terem o que comer e sustentar o pequeno Isaías. Era o período mais feliz das suas vidas. Única época de paz que conheceram, de um modo que achavam impossível quando estavam no abismo de que o Senhor os tirara.

II — A Tormenta do Mundo

O casal, obviamente, era leal à igreja do pastor Marcelo. Foram os irmãos do Ministério Renascimento em Cristo que os acolheram quando o mundo inteiro lhes parecia hostil. Passaram mesmo a considerar como inimigos os que faziam acusações contra o pastor e contra alguns outros dirigentes da igreja. Defender a igreja era defender a nova vida que tinham e a dignidade que alcançaram, assim como o ataque à igreja era o ataque à vida deles depois de terem deixado as ruas. Era o ataque à família que construíram e ao próprio Deus que lhes dera aquela nova chance na vida. Tudo mudou quando Jonas, enquanto diácono, pôde ver com seus próprios olhos que algumas das acusações eram verdade.

Percebeu que o esforço para uma vida correta segundo a Bíblia, feito por ele, Kelly e vários outros irmãos saídos das ruas, não era o mesmo da alta cúpula da igreja. Viu pastor Marcelo negociando coisas suspeitas com políticos e até com a polícia, mas nada disse, tinha medo de destruir um projeto que tirava tantas pessoas como ele das ruas e lhes dava uma dignidade e uma fé. Havia mesmo um certo desprezo pelos vindos da rua, da parte de algumas famílias que estavam havia gerações na igreja e davam os dízimos mais altos, que, no final das contas, eram o que garantia os projetos sociais que davam fama e doações à instituição. Não gostavam que seus filhos se aproximassem demais dessa gente de passado duvidoso. Já lhes havia ajudado com o bem mais valioso, a salvação das suas almas. Convivência e ascensão social eram nada comparados a isso. Jonas aguentou todas essas desilusões na esperança de que, ao menos, a igreja estava salvando pessoas da fome, da prostituição e da degradação.

Porém, enfureceu-se quando soube que o irmão do pastor, Geraldo, que tinha poder dentro da igreja só por ser irmão do poderoso pastor e herdeiro daquele ministério, assediava e até chantageava algumas irmãs que vieram das ruas para que se deitassem com ele. Chantageou a própria Kelly, em um dia que ficaram sozinhos, embalando as quentinhas em uma das salas anexas ao templo, e disse que mostraria os vídeos antigos dela para vários da igreja, que duvidava que ainda gostariam dela depois de ver aquilo. Disse que, inclusive, conhecia caras que fizeram o que quiseram com ela várias vezes e podia chamá-los para contarem. Ela chorou, disse que estava mudada, que não fazia mais aquilo; ele disse que só mais uma vez não custava nada, que depois era só orar pedindo perdão e ir viver com sua familiazinha feliz. Ele garantiria sigilo. Kelly, em sua fúria, deu um soco na cara dele, forte a ponto de tirar sangue. Jonas, ouvindo de longe os gritos da esposa, veio em fúria para cima de Geraldo, mas os irmãos o seguraram a tempo e o condenaram pela falta de domínio próprio e mansidão, dois dos claros frutos do Espírito.

Em pouco tempo, a igreja toda sabia que a ex-prostituta agredira o irmão Geraldo e que o ex-viciado se mostrara um homem violento, o que não competia a um servo de Deus. Em mais algum tempo, já corria o boato de que ela fizera isso porque Geraldo não lhe dera algum dinheiro que ela queria, provavelmente mancomunada com o ex-viciado do marido. Apesar da grande bondade do pastor Marcelo e do irmão Geraldo, além da graça restauradora de Jesus, essa gente nunca mudava! Jonas e Kelly, então, contaram toda a verdade para defender-se. Como aquele ex-viciado e aquela ex-meretriz ousavam querer difamar a família do pastor Marcelo? O pai dele, varão de Cristo, fundara aquele ministério e o projeto social para regatar das ruas aquela gente e trazer salvação às suas almas podres de pecado.

Quando o bom homem de Deus falecera, deixara aos filhos a pesada missão de dirigirem o ministério. Marcelo formara-se no seminário, Geraldo preferira ficar com a logística. Dois homens que faziam tanto bem, e agora aqueles dois ingratos vinham acusar esses homens de Deus, provavelmente para terem alguma vantagem ou fazerem alguma chantagem. Já se falava de Jonas e Kelly usados pelo diabo para destruírem a obra de Deus. Muitos que eram próximos a eles se afastaram.

Na verdade, todos se voltaram contra eles, mesmo que indiretamente. Os que não acreditavam em Kelly disseram que ela estava a serviço de Satanás. Os que acreditavam, achavam ridículo querer destruir todas as bondades que Geraldo fizera e ainda faria com aquele projeto por causa de uma única falha. Uma falha de comunicação, talvez. Ela poderia ter entendido errado as palavras do irmão. Em um lado da balança estavam as muitas almas que o projeto da igreja poderia salvar, no outro lado estava a dignidade de Kelly.

Geraldo foi afastado por um tempo para que parassem de correr esses boatos que escandalizariam o evangelho e estavam manchando a imagem da igreja; mesmo assim, Jonas e Kelly eram francamente hostilizados. Pastor Marcelo fez uma série de sermões sobre grandes homens da Bíblia falsamente acusados ou que realmente pecaram e que, após se arrependerem sinceramente, Deus lançara seus pecados no "mar do esquecimento". Jonas e Kelly não eram tão bons quanto tais figuras bíblicas para merecerem isso. Alguns que estavam do lado deles ficavam temerosos de ir contra o pastor, homem de grande comunhão com Cristo. Eram leais à igreja do mesmo jeito e pelo mesmo motivo que Jonas e Kelly foram.

Os vídeos antigos de Kelly voltaram à moda, homens apareciam do nada na igreja contando o testemunho de que ela, na sua prostituição, os levava ao caminho de Satanás. Mas agora estavam restaurados do mal que aquela mulher lhes causara. Graças a Deus, essa perigosa tentação fora retirada do meio do seu povo. Assim, irmão Geraldo foi absolvido e, de uma vez por todas, se provou que a errada ali era a ex-prostituta, esposa promíscua do ex-viciado, loba em pele de ovelha. Os patrocinadores voltaram ao projeto do Ministério e as famílias de bem, preocupadas com sua imagem ligada à igreja, voltaram a frequentar os cultos e dar os dízimos. O nome do Senhor voltou a ser louvado e outras almas foram salvas e trazidas das ruas.

No primeiro domingo em que não foram mais ao culto, Jonas percebeu o que aquilo causaria a Kelly. Era a destruição de todo o sonho de uma família tal como começaram nos caminhos do Senhor. Não, ele não deixaria que a sua família se perdesse, lutaria contra tudo e todos por ela. Apesar de abatido, levantou-se enquanto ouvia Kelly, em pranto incontrolável, com o desespero nos olhos como nunca se vira desde antes da noite em que saíra das ruas:

— Todo mundo se voltou contra nós, amor. É castigo de Deus pelo nosso passado?

Jonas terminou de trancar a porta, fechou as janelas, arrancou o fio da internet, desligou os celulares. E a abraçou forte, muito forte. Ela, ainda em lágrimas, sentia os olhos se pacificando.

— Esquece todos eles, Kelly, nossa família é que é a nossa igreja. Temos nossos corpos, temos a nós e o nosso filho... nossa família é a nossa igreja e as portas do Inferno não prevalecerão contra ela!

Nesse momento, ele se sentou. Percebeu que havia falado mais para convencer-se do que para convencer a ela. Desabou. Todo esse processo o abateu, tinha medo de Kelly retornar a ser aquela das ruas, de ele tornar a ser aquele das ruas, que o futuro do seu filho fosse destruído, sem direção segura como achava que era a da igreja institucional. Kelly, mesmo ainda abalada, viu nos olhos de Jonas o homem desolado, como um menino perdido em terra estranha, e dessa vez ela que o abraçou. Chorando, Jonas disse, na linguagem que conhecia, que precisava do carinho da esposa:

— Oh Jesus, por que toda essa provação?

O pequeno Isaías acabou acordando com o barulho e veio até eles. Nada entendia do que estava acontecendo. Abraçando o filhinho e o marido, irmã Kelly se lembrou daquele versículo e o sussurrou, como esperança para si e declaração de amor ao filho e a Jonas:

— No mundo tereis aflições, mas tende bom ânimo, eu venci o mundo.

Ali, abraçados, tinham só a eles mesmos. Sentiam o amor e o consolo divinos que, bem sabiam Kelly e Jonas, ninguém no mundo lhes poderia dar.

A PARTIDA DO IRMÃO SEBASTIÃO

I — Anoitecer

Toda dor e toda mágoa, toda paixão e todo desejo, repousavam cansados, amansados a ponto de conviverem pacificamente no seu olhar. As rugas do rosto negro do velho Sebastião pareciam marcas dos caminhos e de todo lugar por onde havia passado ou repousado. Estava sentado em frente à janela, assistindo a um mundo que mudara tanto desde que viera para morar ali, cinquenta e cinco anos antes, com sua já falecida esposa. Já contava 95 anos, sem filhos, viúvo havia três décadas, saúde debilitada; mas não tinha do que reclamar: tivera uma boa vida íntima e tinha sua fé inabalável no amor do seu Jesus. Já não tinha paciência, era certo, com as costumeiras novidades alardeadas pelos jovens; porque já vira tanta coisa nessa vida que quase nada mais o surpreendia. Como em toda geração, eles se achavam mais espertos que os da geração anterior. Sebastião também já tinha sido um jovem que achava que mudaria tudo, que só ele via sentido nas coisas que os mais velhos nunca entenderiam, e outras sandices da arrogância bem-intencionada da juventude.

Assim, nenhum discurso mais causava entusiasmo ou repulsa aos seus ouvidos, pois já tanto e tanto os ouvira, repetidos ano a ano, com diferentes palavras, de diferentes bocas, de diferentes grupos, até rivais... mas o mesmo, sempre o mesmo. Por isso, via com indiferença e com sorriso irônico nos lábios os novos heróis, com seus velhos novos discursos, prometendo a felicidade eterna às multidões, eternas mendigas de felicidade. Sabia: os novos heróis sempre trazem correntes. Prometem que, primeiro acorrentadas a eles, depois as multidões ganharão a felicidade. Trocam a liberdade pela felicidade, que sem liberdade é impossível, e acabam ficando, no final, sem liberdade e sem felicidade. Vão reclamar com os heróis e recebem um simples: "Desculpa! A tentativa deu errado...". E lá se vai mais um capítulo escrito nos livros de História e mais uma geração que se vendeu e entristeceu em vão.

Os lábios anciãos de Sebastião já pouco ou nada diziam. Nem discursos de utopia, pois não queria enganar ninguém; nem discursos de lamento: por que perturbaria alguém com algo que era só seu? E, feliz, ainda que o mundo pensasse o contrário, voltou os ouvidos à música do seu querido Bach e os olhos à beleza da terra, do céu e de uma mulher que passava. Todos vindo da mente de Deus. Todos plenos da sua glória.

A música acabou.

Percebeu que o Sol já se punha. A noite já vinha e o dia começava a declinar. Voltou-se para dentro, e seus olhos repousaram na pintura que ganhara de um falecido amigo que gostava de imitar a arte barroca. Apenas quatro figuras. Uma viola em silêncio profundo. Um telescópio voltado ao nada. Uma flor arrancada, cadáver guardado a presentear o amor. Um crânio humano, vazio agora, antes cheio de preocupações, de vaidade e expectativas que não estavam em seu poder realizar.

Seus olhos se demoraram sobre ele como se conversassem.

Mas, depois, pousaram sobre sua estante de livros, onde figuravam em destaque os teólogos com quem conversara e discutia nas leituras de seus longos anos de dúvidas e conciliações com a fé: Bonnhoeffer, Karl Barth, Lutero, Calvino e Agostinho de Hipona. Quando ia pegar a sua Bíblia Sagrada, sentiu um certo cansaço injustificado no corpo e um inusitado sono em seus olhos. Cansado, mas agradecido pela vida. Deitado mais cedo que de costume, leu em sua mente o versículo de um Salmo que agora não lembrava qual: *Em paz também me deitarei e dormirei; porque só tu, Senhor, me fazes habitar em segurança.*

Agradecido pelo dia, adormeceu. Linda era a noite.

II — Funeral

No dia seguinte, os irmãos chegaram em prantos ao cemitério. Embora não haja nada mais óbvio que a mortalidade, como era possível que esse momento chegasse? Irmão Sebastião era uma daquelas pessoas que fazem parte da vida de todos, que fazem parte da rotina e do mundo tal como as nuvens, as pedras e as árvores. Era difícil encontrar alguém que não tivesse Sebastião de forma simbólica e benéfica em algum episódio da sua vida. Igualmente difícil era encontrar quem lhe fosse íntimo, tão discreto no seu lidar era o homem.

Muitos que o amavam e lhe eram gratos, só diante do seu caixão, percebiam que quase nada sabiam dele, senão que era muito culto, conhecia muito da Palavra e era homem de Deus. Só o conheciam da igreja e das coisas relativas a ela. Ali, no caixão, com sua pequena barba branca, sua careca, seus olhos fechados como que em sono e seus lábios que pareciam desenhar um leve sorriso, era tão enigmático como fora por toda a vida. Sequer alguém se lembrava dele jovem ou de algum parente. Ele sempre fora o generoso, bem-humorado e velho irmão Sebastião, tão presente que quase todos não perceberam o quão pouco o conheciam.

Houve surpresa geral dos irmãos da igreja de Sebastião quando, aos poucos, foram chegando o Padre Ricardo, a Mãe Conceição de Oxum e o Imã Ali. Também chegaram Ellen, uma famosa atriz pornô da cidade, Fabíola, uma travesti, e Dolores, uma irmã carmelita, entre outras pessoas que não faziam parte do círculo da igreja em que Sebastião congregava. Todos diziam vir dar o último adeus ao querido amigo e lembravam de dias em que tiveram o privilégio de conviver com o finado. Dias duros em que ele os consolara e lhes mostrara beleza na vida. Dias duros em que eles o consolaram. Dias duros em que, mesmo ele não conseguindo disfarçar suas próprias dores no seu olhar enigmático, orara pelos que lhe vieram, sem lhes perguntar nem julgar os seus caminhos.

Chegaram também coroas de flores enviadas pela Polícia e uma entregue em nome de um conhecido chefe do tráfico de uma favela da região. Fred, um rapaz ateu, falou de como gostava de conversar com o sábio ancião sobre filosofia e teologia. Com lágrimas e um sorriso agradecido, relembrou de quando ouviam juntos a música de Bach, paixão compartilhada pelos dois. Nunca esqueceu de uma tarde em que leram juntos e conversaram sobre o livro de Eclesiastes e refletiram sobre a efemeridade da vida. A todos, Sebastião recebera em sua casa e intercedera a Deus por eles, sem julgar-lhes ou se espantar das suas experiências de vida. Como dissera uma vez ao Padre Ricardo e à Mãe Conceição, numa tarde em que os três conversavam alegremente, aprendia com todos eles, e acreditava que, às vezes, Deus também lhe falava e o abraçava no abraço que dava a eles todos.

A vida do homem permanecia um enigma, como se fosse um divino que tivesse passado em nosso meio e ninguém o percebesse devidamente. Pouco ficamos sabendo sobre ele, além das suas ações de afeto. Os irmãos da igreja estavam divididos. Uns aumentavam a admiração pela sabedoria e amor de Sebastião; outros, decepcionados, até já questionavam a sua salvação, confabulavam que pecados Sebastião cometera junto com aquela gente, de fornicação a idolatria e culto a demônios. Indignados pela presença daquela gente ali, estes se sentiram representados por um jovem que ousou, próximo ao caixão, julgar o ancião e provocar os que achava indignos:

— Triste é saber que o Sebastião, que eu achava um homem sábio, correto e temente a Deus, em vez de se satisfazer com a companhia dos irmãos, do povo de Deus, preferiu andar com tanta gente esquisita, gente do mundo, fazendo sabe-se lá o que com eles...

Mãe Conceição, em melancolia diante do corpo de Sebastião, olhando com carinho pela última vez o rosto sereno do seu amigo, suspirou:

— Sim... ele foi assim... exatamente como o seu Jesus.

O burburinho se intensificou, e teria havido confusão se alguém não lembrasse que Sebastião sempre dizia a todos de uma carta que deixara com uma pessoa oculta para que fosse aberta e lida somente no seu enterro. Todos se olhavam como que se perguntando com quem ele deixara a carta. Alguns falavam de testamento espiritual do irmão Sebastião. Já começaram a imaginar mil coisas que podiam estar escritas na palavra final dele. De pregações a heresias, de confissão de pecados a condenação de pecados. A carta não estava com Mãe Conceição, a única que não se deixara vencer pela curiosidade e não tirava os olhos do rosto adormecido do amigo que lhe fizera tão bem. A carta estava com Fred. Houve mais indignação de alguns dos irmãos por Sebastião ter deixado documento tão importante nas mãos de um notório ateu. Porém, a curiosidade fez com que todos ficassem em silêncio para ouvir a carta. Fred, emocionado, a abriu, e para a surpresa geral, havia apenas cinco frases dispostas uma sobre a outra.

Seja quem for que estiver aqui.
Um dia, me olhei no espelho,
vi o rosto de cada um de vocês, sem exceção,
e nada vi senão divina beleza.

A misericórdia triunfa sobre o juízo.

O imenso vazio restante na folha parecia ser preenchido pelo intenso burburinho que recomeçou. Uns entenderam nada, outros entenderam tudo; um dizia que não fazia sentido algum e que o Sebastião devia ter enlouquecido antes de morrer, outro lembrava que a última frase estava na Bíblia. Kelly estava com os olhos sonhadores de quem ouvira uma declaração de amor e Fabíola tinha em seu rosto a ternura de quem recebe um abraço em meio às dores. Fred sorria comovido, lembrando que já ouvira coisas poéticas assim do sábio amigo nas suas tardes com Bach. O padre e o imã lembravam enternecidos de terem reconhecido a voz de Sebastião naquelas palavras. Alguns da igreja estavam pensativos, outros raivosos como antes; alguns oravam agradecidos pelo privilégio de terem convivido com ele, outros choravam ainda pela partida do irmão.

Mãe Conceição permaneceu, durante a breve leitura, olhando o rosto sereno de Sebastião, que parecia em um sono tão enigmático quanto aquela carta. Ao terminar de ouvi-la, Mãe Conceição abriu um delicado sorriso e levantou a cabeça para ver todos os rostos ao seu redor. Diversa e contraditoriamente humanos como o eram, como ela os vira a vida toda. E nada via senão a divina beleza.

BIDÚ

I

Seu Josias e seu filho Salomão viviam em briga interminável. A começar pelo nome, que o filho odiava e achava uma imensa palhaçada do pai ter lhe dado esse nome cafona. Apesar de tudo, Josias se lembrava com carinho do dia em que o seu pretinho nascera e quisera lhe dar um nome bíblico como benção para a sua vida. Lembrara-se do rei Salomão, o mais próspero, mais inteligente e mais sábio. Quando lhe dera esse nome, era o desejo de que a vida do filho fosse assim, de que o filho fosse mais inteligente que ele, que tivesse estudo e uma vida mil vezes melhor. Mas Salomão nunca entendera assim, achava que era só por causa dessas crenças atrasadas do pai, de quem tinha vergonha. Preferia o apelido pelo qual os amigos da faculdade e de movimento social o chamavam, Bidú.

Como Bidú, tão conhecido pela mente aberta, pela sua militância progressista, ia apresentar para seus amigos um pai crente, pedreiro, que vivia se limpando de restos de cimento e usando as palavras sem o mínimo senso crítico? Imagina ele apresentando para as pessoas que o admiravam pela sua mente aberta seu pai automaticamente machista, patriarcal e intolerante religioso. Era com um desprezo imenso que via o velho ler a Bíblia de manhã e cantar os hinos de igreja nos momentos de angústia, em vez de ir procurar soluções reais.

Lembrava-se de quando Josias o obrigava a ir à igreja todos os domingos de manhã e a decorar versículos bíblicos, principalmente depois que a mãe, Maria, morrera vítima de bala perdida em mais uma guerra entre traficantes lá no morro. Josias, em agonia pela morte do seu grande amor e tendo nos ombros a responsabilidade de criar sozinho o pequeno Salomão, com apenas cinco anos, apegara-se mais à igreja e à Bíblia. Em depressão, perdera toda a pouca esperança que ainda tinha nas leis e na sociedade humanas. Agarrara-se à Lei do Senhor e à igreja, o único lugar em que sentia paz. No trabalho, era o Negão para os colegas e mais um pedreiro favelado para o patrão; para o filho era o velho fanático; para as amigas do filho seria mais um macho escroto patriarcal; para os amigos do filho seria um babaca e um burro sem estudos.

Mas a igreja era o único lugar onde era respeitado como ser humano, onde não era zombado, onde não era classificado, onde era o irmão Josias, admirado pela sua bondade e equidade. Lá, os filhos dos outros lhe pediam conselhos de uma vida em comunhão com Cristo e diziam como queriam ter tido a sorte de serem filhos de um homem de Deus como irmão Josias. Quando orava, só ele e Deus, sentia a sabedoria antiga que criou o universo correr nas suas veias e a beleza divina inundar sua alma. Seria salvo, não importava o que ou quem na terra o condenasse. Não importava o que dissessem: ele, como era, negro retinto, mãos cheias de calos, rugas de tantas tristezas empoçadas, olhar cansado e coração na corda bamba, desse jeito mesmo, como dizia a Palavra, era a imagem e semelhança de Deus.

II

Num dia em que estava no trabalho, no horário do almoço, lhe gritaram:

— Negão! Negão, vem aqui, esse não é o teu filho na televisão?

Josias fechou sua marmita e correu até lá. Era ele mesmo, seu menino. O movimento social de que Bidú era um dos líderes fazia um protesto intenso em frente à câmara dos vereadores e a polícia se preparava para reprimir violentamente.

Mas os manifestantes não retrocederam e enfrentavam a polícia:

— Pelos Direitos Humanos! Ninguém solta a mão de ninguém! — bradavam com Bidú enquanto empunhavam placas e faixas com dizeres antirracistas, contra a homofobia e em defesa dos trabalhadores e do povo das favelas.

Outra multidão gritava:

— Direitos Humanos para humanos direitos, seus defensores de bandido! — E empunhavam faixas e cartazes com dizeres com frases como "Brasil é país cristão", "Só Jesus Salva", "Intervenção Militar Já" e "Bandido Bom é Bandido Morto".

De repente, os cacetetes e balas de borracha dos policiais começaram a agir contra os manifestantes do grupo de Bidú, enquanto o outro grupo comemorava. O caos foi geral, uma verdadeira guerra se instalou no centro da cidade e tiros de verdade já eram ouvidos. Josias, desesperado, colocou a marmita na mochila e foi correndo para o lugar dos protestos, que era uns vinte minutos dali andando, mas que ele chegaria em dez minutos. No caminho, enquanto o corpo corria agoniado, a alma desesperada suplicava ao Senhor pelo seu filho.

Quando ele chegou, em meio ao caos e à destruição generalizada, a única coisa que procurava era seu filho. Ignorava os tiros, o fogo, a destruição geral, assim como fizera em todos esses anos para criar esse garoto numa favela e conseguir que ele fosse bem-sucedido na vida, como prometera à sua mãe no dia em que ela morrera. Jurara diante de Deus.

Viu seu filho ainda de longe, quase no exato momento em que Bidú levou um tiro no peito e agonizava sozinho no chão, contorcendo-se horrivelmente. Seus amigos revolucionários, ao verem que as balas não eram de borracha, correram para salvar-se. Só Josias corria e empurrava a multidão e, depois, os policiais para pegar nos braços o seu filho. Levava socos, pontapés e empurrava armas com a força do seu Deus. Não importava que seu filho defendia coisa que para ele eram pecado, que seu filho o desprezasse, que o odiasse, que zombasse das crenças dele. Preferia seu filho brigando e o desprezando, mas vivo. Só queria o seu filho, o filho da única mulher que amara, vivo!

Arrastando-se no chão sujo da cidade, todo machucado, conseguiu chegar até seu menino. Pegou-o nos braços trêmulos, olhando o seu rosto desacordado. De longe, um dos irmãos em Cristo, que se alegrava com as autoridades terem acabado com aquela balbúrdia de gente depravada, gritava:

— Esquerda maldita! Seus vagabundos, aprendam: Só Jesus Salva! Só Jesus Salva e Deus é Justiça! Que ela caia sobre todos vocês!

Mas, sem ser ouvido, com o peso do corpo do filho nos braços, nos olhos e na alma, Josias suspirou:

— Que tenho ainda a ser salvo se já perdi tudo?

Entre as maldições dos irmãos e os xingamentos dos incrédulos, as lágrimas de Josias se misturavam ao sangue do seu filho unigênito.

III

Quando Bidú abriu novamente os olhos, num quarto de hospital, estava um tanto desorientado e com a vista levemente embaçada. Observou o quarto em que jazia sozinho. Quando já estava conformado ao fato de que ninguém o acompanhava, viu sobre uma cadeira ao lado do leito a velha Bíblia do seu pai. Entendeu e seus olhos se enterneceram. Foi quando Seu Josias voltou ao quarto, afobado, junto de uma enfermeira:

— Olha! Eu disse que meu filho estava se mexendo! Olha, ele acordou!

Durante os cuidados da enfermeira, no silêncio completo entre pai e filho, os olhos de Bidú olhavam o pai como uma incógnita. Quando a enfermeira saiu mais uma vez, Josias olhou nos olhos do filho com certo receio. Hesitante, não sabia o que conversar com o filho sem chatear. Bidú percebeu pela primeira vez a sincera dificuldade de Josias em demonstrar afeto e o convidou a fazê-lo do único jeito que o velho sabia fazer.

— Pai, ora por mim?

Josias, surpreso e feliz, pegou a mão do seu filho, que ainda disse:

— ...mas já aviso, não vou deixar de fazer o que faço e acredito, nem de pensar o que penso.

— Eu entendo o que você faz mais do que você pensa. Aqueles que te deixaram para morrer é que não entendem, por mais que falem bonito, do jeito que você admira. Eles nunca dariam a vida pela Justiça como você estava preparado a dar. Falam de revolução, mas não estão prontos para a guerra. Se não fosse o Senhor que salvasse a tua vida, eu agora estava enterrando meu único filho.

O pai fechou os olhos ternamente; o filho, surpreso do que Josias dissera, o seguiu. E Josias, pai na terra, orou ao seu Pai Celeste.

IV

Ele passou a ficar calado nas reuniões do movimento. Os companheiros, constrangidos pela covardia, pouco falaram com ele também. Naquela reunião em Ipanema, a última em que foi, alguém teve a ideia de terminar a reunião sobre a luta social nas periferias do Rio tocando músicas da Legião Urbana. Enquanto isso, um outro o chamou no canto e ficou dando justificativas para a covardia do grupo no dia do protesto. O filho de Seu Josias e de Maria não ouvia suas palavras, de tanto que queria sair dali. Escapava delas na música que estavam tocando e que nunca prestara a atenção devida na letra.

Você me diz que seus pais não lhe entendem
Mas você não entende seus pais...

Despertou da canção quando ouviu de quem o incomodava o maior dos absurdos.

— Cara, é verdade que tinha um fanático te incomodando lá no hospital? Uma enfermeira amiga da minha mãe comentou.

— Era o meu pai, e não estava incomodando em nada.

— Como assim? Você nunca falou do teu pai.

— Sim, fui covarde. Ele é um grande homem, se chama Josias, é um homem muito admirado na igreja que congrega. Hoje também o admiro muito.

— Cara, desde que saiu do hospital, você está muito estranho. Já te disse que não ficamos para te ajudar porque pensamos que você tinha morrido, não foi por mal. Você já lutou ao nosso lado contra essa gente fascista e moralista, mas ultimamente está estranho demais, deu até para defender fanático.

— Eu continuo lutando contra as desigualdades sociais, contra o racismo, contra a homofobia, contra a intolerância religiosa, e continuo tendo ele como meu pai. Eu sou quem sou! Quem é você e o que sabe da nossa história para me definir e definir meu pai?

— Mas, Bidú, é que...

— Companheiro, o meu nome é Salomão!

Esta obra foi composta em Arno Pro Light 13 para a Editora Malê e impresso para a Editora Malê na gráfica Trio Digital em janeiro de 2025.